生きてゐる兵隊

幡一〇

生きてゐる兵隊／活著的兵士

Soldiers Alive

伏字復元版／石川達三

Tatsuzo Ishikawa

劉慕沙 譯／麥田出版

目次

總序

幡：日本近代的文學旗手

楊照

認識日本的近代文學，一定會提到夏目漱石。夏目漱石在一九〇〇年到英國留學，一九〇三年才回到日本。具備當時極為少見的留學資歷，夏目漱石一回到日本，就受到文壇的特別重視。在成為小說創作者之前，夏目漱石已經先以評論者的身分嶄露頭角，取得一定地位。

一九〇七年夏目漱石出版了《文學論》，書中序文用帶有戲劇性誇張意味的方式如此宣告：

……我決心要認真解釋「什麼是文學？」，而且有了不惜花一年多時間投入這個問題的第一階段研究想法。（在這第一階段中，）我住在租來的地方，閉門不出，將手上擁有的所有文學書籍全都收藏起來。我相信，藉由閱讀文學書籍來理解文學，就好像以血洗血一樣（，絕對無法達成目的）。我發誓要窮究文學在心理上的必要性，為何誕生、發達乃至荒廢。我發誓要窮究文學在社會上的必要性，為何存在、興盛乃至衰亡。

這段話在相當意義上呈現了日本近代文學的特質。首先，文學不再是消遣，不再是文人的休閒娛樂，而是一件既關乎個人存在、也關乎社會集體運作的重要大事。因為文學如此重要，所以也就必須相應地以最嚴肅、最認真的態度來看待文學，從事一切與文學有關的活動。

其次，文學不是一個封閉的領域，要徹底了解文學，就必須在文學之外探求。文學源於人的根本心理要求，也源於社會集體的溝通衝動。弔詭地，以文學論文學，反而無法真正掌握文學的真義。

夏目漱石之所以突出強調這樣的文學意念，事實上，他之所以覺得應該花大力氣去研究並書寫《文學論》，是因為當時日本的文壇正處於「自然主義」和「浪漫主義」兩派熱火交鋒的狀態，雙方尖銳對立，勢不兩立。夏目漱石不想加入任何一方，更重要的，他不相信、不接受那樣刻意強調彼此差異的戰鬥形式，於是他想繞過「自然主義」及「浪漫主義」，從更根本的源頭上弄清楚「文學是什麼」。

日本近代文學由此開端。從十九、二十世紀之交，到一九八〇年左右，這條浩浩蕩蕩的文學大河，呈現了清楚的獨特風景。在這裡，文學的創作與文學的理念，或者更普遍地說，理論與作品，有著密不可分的交纏。幾乎每一部重要的作品，背後都有深刻的思想或主張；幾乎每一位重要的作家，都覺得有責任整理、提供獨特的創作道理。在這裡，作者的自我意識高度發達，無論在理論或作品上，他們都一方面認真尋索自我在世界中的位置，另一方面認真提供他們從這自我位置上所瞻見的世界圖像。

每個作者、甚至是每部作品，於是都像是高高舉起了鮮明的旗幟，在風中招搖擺盪。這一張張自信炫示的旗幟，構成了日本近代文學最迷人的景象。

針對日本近代文學的個性，我們提出了相應的閱讀計畫。依循三個標準，精選出納入書系中的作品：第一，作品具備當下閱讀的趣味與相關性；第二，作品背後反映了特殊的心理與社會風貌；第三，作品帶有日本近代文學史上的思想、理論代表性。也就是，書系中的每一部作品都樹建一杆可以清楚辨認的心理與社會旗幟，讓讀者在閱讀中不只可以藉此逐漸鋪畫出日本文學的歷史地圖，也能夠藉此定位自己人生中的個體與集體方向。

導讀

活著，卻非「活著的人」

楊照

切勿輕言戰爭。依照石川達三在中日戰爭中作為隨軍記者所見所聞所體會，表現在《活著的兵士》書中的真實顯影，戰爭中的兵士，必定被戰爭帶入一種特殊的、混亂的，甚至是可疑的存活狀態，和我們一般做為人的「活著」，非常不一樣。

給予石川達三如此觀察與思考的場合，是一九三七年日本軍隊在中國的戰爭，在那幾個月中，沒有人能否認從「盧溝橋事件」後，日本軍事侵略進展迅速、順利，除了在上海遭到較強的抵抗之外，半年不到的時間便已經攻下了中國當時的首都南京，逼得國民政府倉皇遷都。

這樣的背景極其重要。石川達三親歷、描述的是一支打勝仗的部隊，然而新聞上、乃至於後來歷史上的勝利記錄，無法讓真正在戰場上的兵士活得比較像樣些。而且石川達三所跟隨的部隊，幾乎是人類歷史上在精神層面有最好準備要上戰場的一群人，他們在日本軍國主義昂揚興起的時代成長，從小就被灌輸了全面忠於日本國家的集體信念，還有徹底服從天皇，願意為天皇和國家奉獻生命的價值觀。然而，即使是懷抱著這樣的人生態度，也還是無法讓他們真的適應戰爭，能夠在戰場上「活著」。

石川達三在小說中藉由「隨軍僧」片山玄澄顯示，在軍國主義熱情洗禮下，片山剛開始還游移於民族與信仰之間，然而很快就背棄了原有的佛教態度，他無法強迫自己為戰場上死去的敵人念經超渡，對他來說，死去的敵人仍然是敵人，他甚至越過了「隨軍僧」原有的職務，即使沒有配戴槍枝，也願意在戰場上殺人。

石川達三小說特殊的價值就在，他描寫片山向西澤大佐告白自己違背了信仰，其用意絕對不在於慶祝民族主義、軍國主義相較於佛教的成功勝利。相反地，他讓「身為這場大殺戮的一名指揮官」的大佐，「私心裡懷抱著道德性的苦悶」。他具有能夠將數千俘虜悉數處死的決斷，然而這樣的決斷與殺戮的行為，卻不能不在他心靈上製造了悲哀的空虛。他迷茫不多深究地相信宗教可以為他彌補這份空虛，卻不料片山的態度證明了沒有這種超越國界的一種宗教的存在。

被軍國主義壓抑、取消的，還有近藤一等兵的醫學訓練。他不是去當軍醫，而是戰場上的一名戰鬥人員，也就是在槍林彈雨中以取人性命為其任務。這很明顯和他的醫學教養徹底相反，甚至在如此大規模的殺戮中，使得醫學相對看起來如此脆弱、如此渺小。

要成為一個醫生，必須取得多少專業知識，又得接受多少層層的訓練？真的成為一個醫生後，要救回一條性命何其困難，在日常的執行中，總共又能救回多少性命呢？然而在戰場上，生命就在當下眼前大量地毀滅了，那數量之大，使得對照之下醫學所做的努力，想起來就覺得無望無奈得近乎可笑。

戰場上生命的毀滅，還不只是數量龐大，更有無法想像的高度任意性。一個中國的女孩沒有來得及逃走，守著母親的屍體哭泣著，那種嗚咽飲泣的聲音竟然刺激平尾一等兵和五、六位兵士一起衝了過去，用刺刀在女孩的身體上亂刺，十秒鐘內奪走了她的生命。小說中兵士們出於各式各樣的理由都能殺人，一個人活著或死去似乎沒有什麼必然的道理，影響所及，他們也就失去了日常狀況下對於生命的正常尊重。

小說中最令人讀得毛骨悚然的一個段落，不是戰場上如何殘酷地奪取生命，而是如何對待屍體。他們會將敵人死去的身體抱來當作枕頭，甚至還刻意選取才剛剛死去不久的，因為這樣還有餘溫，除了提供軟墊作用外，還可以順便保暖。正因為這樣的行為不牽涉到極端的殘暴，帶著一種介於荒謬與麻木的超現實感，讓人無法遺忘。

死了那麼多人，死得如此輕易，徹底改變了死亡原本的嚴重性與嚴肅性，才可能產生對於屍體的如此輕蔑態度。戰役過後滿地遍野的屍體，處於各種不同程度的敗壞毀損狀態，到後來再也無法引發任何和人、和生命之間的聯想連結，成了一種特殊的物，完全無法在正常的意識中安放。

無法安放死，必然也無法安放生。平尾一等兵原本是個具有纖細神經的文青，戰場粗獷暴烈的生活幾乎使他崩潰。他維持讓自己能夠不瘋掉的方法，是故意誇大地訴說自己殺人的經過，繪聲繪影鉅細靡遺。然而，這只能在其他人在場的情況下奏效，他不只失去了獨處的能力，獨處時自己的生命便又支離破碎了，而且也失去了和其他人溝通的任何欲望，他無法寫信回家，因為家裡的人絕對不可能體會了解他在戰場上所經歷所感受的，他陷入了更深的孤獨中。

倉田少尉則是為隨時可能死去的陰影所折磨，活著的每一秒鐘便成了只是在熬著等待可能下一秒就到來的死去。於是使得他產生了一份赴死的衝動，那不是為了要為國拚命，而是為了擺脫等待死亡的焦慮，還有為了擺脫心中一份無法排解的虛無的折磨——如果這時就死了，沒有留下任何記錄，那這樣還算活過嗎？他每天寫日記，不是為了將來可能靠日記來回憶這段非常經驗，而是必須寫了才可能有人知道他這人的生前種種，否則如此便死了，那真是一種無法言說的深沉寂寞。

從物理上的時間計算，他們所經歷的，不過是幾個月，然而戰爭已經足以讓他們徹底失去了正常生活的能力。攻進南京之後，近藤一等兵去找日本藝妓，「當一眼看到站立門邊幽暗處的女人姿容和化了妝的粉白面孔的剎那，近藤以為自己顯然見了鬼。他不相信這個毀滅了的死城裡居然還存在這麼樣的女人。」他進而對這樣一個代表過去正常的女人，莫名地產生了最強烈的反感，竟然拔出槍來對著藝妓開了兩發。

刺激他開槍的導火線，是藝妓說了：「……平白殺死非戰鬥人員，不像個日本軍人。」就連來到了南京的日本女人都不知道，這些日本軍人殺了多少非戰鬥人員，他們連「正常」的日本軍人都不配是，那麼他們還能是什麼呢？

因為這個突發槍擊事件，近藤被憲兵隊拘留了，差點無法隨著所屬的部隊移防。經過了調查手續，他被釋放出來，他瘋了般急於尋找出發了的部隊，「他從不曾像此刻這樣打心底感到孤單和寂寞。有他這個人也好，沒他這個人也好，部隊毫不關心地行進著，而他一離開部隊，就變得毫無價值、毫無力量。」

《活著的兵士》小說終結在近藤終於趕上了部隊。他和所有的兵士們，都失去了原有的生命，現在只剩下依附在部隊上作戰的意義，遠離、告別了曾經有過的正常生活。他們活著，是「活著的兵士」，然而石川達三要告訴我們，「活著的兵士」並不是「活著的人」，他們以另一種扭曲、蒼白、寂寞、自我矛盾與自我否定的方式「活著」。

一九三八年，石川達三三十三歲，離他生命在八十歲終結，還有四十七年，他還將寫出許多其他作品，戰後在日本文壇取得了一個對抗「五五體制」、對抗「自民黨」的特殊思想與文學地位，然而藉著《活著的兵士》，他這時一下子將自己推向了一個高峰，不論後來寫了什麼做了什麼，都不曾也無法超越。他寫出了一部放在世界戰爭文學、反戰文學歷史上，都無法被磨滅、無法被遺忘的經典之作。

推薦序

活著的作家——石川達三

張貴興

日本侵華戰爭中，日本掠奪南洋天然資源，放映戰爭宣導電影《新加坡總攻擊》、《孫悟空》，派遣隨軍記者遠赴戰場歌詠皇軍和美化聖戰，透過經濟戰、宣傳戰和思想戰的滲透破壞，磨銳了帝國主義的尖牙利爪。一九三七年侵華戰爭爆發後，日本媒體派遣大量記者進入中國戰場，除了這批和士兵穿著不一樣制服、佩戴階級軍章和軍刀、享受高官待遇的記者，日本文壇更是總動員，以從軍作家、應徵入伍或加入各種帝國主義文化組織，積極投入侵華戰爭，築構了替戰爭搽脂抹粉的「筆部隊」，和手持步槍、軍刀、手榴彈的「槍部隊」沆瀣一氣。御用文膽中，最醒目的是火野葦平和石川達三。

火野葦平一九三七年以《糞尿譚》榮獲芥川文學獎時，正在中國戰場衝鋒陷陣，歸國前參加了武漢會戰、徐州會戰、廣州攻克戰、海南島之戰和安慶攻克戰，以侵華戰爭為素材，寫下醜化中國軍民、美化軍國主義的《海與士兵》、《海南島記》，和轟動東瀛的士兵三部曲：《麥子與士兵》、《土地與士兵》、《花朵與士兵》。暢銷百萬冊和拍攝成電影的士兵三部曲，影響鉅大。火野葦平被日本人視為國民英雄，天皇厚愛。直到日本戰敗投降，火野葦平始終是「侵華文學」最活躍生猛的大將。

石川達三一九三五年以《蒼氓》榮獲第一屆芥川文學獎。一九三七年，石川被派遣到武漢戰場採訪，一九三九年一月，石川「創作」了惡魔化中國軍民、神格化日本軍隊的《武漢作戰》。石川筆下，中國軍隊縱火殺人、施放霍亂病毒（真凶可能是日軍七三一細菌部隊）、無惡不作，而日本軍隊廣施恩澤、宣撫拯救中國難民。日軍化身和平使者，慈光輝映照大千，中國百姓感恩載德、安居樂業。

眾多御用文膾中，石川達三最令人扼腕。

一九三七年十二月十三日南京淪陷後，石川達三翌年一月五日以《中央公論》特派作家身分抵達南京。大屠殺剛剛落幕，腥氣沖鼻，血色瀰漫。石川不見將領高官，和普通士兵同吃同住，傾聽和挖掘士兵內心世界，立志反映戰爭真實面貌，以參與南京大屠殺的高島師團倉田小隊幾個小兵為軸心，烙下日軍攻掠南京前後的野蠻和殘暴戳印，也為世人留下描寫南京大屠殺最出色和令人震撼的小說之一：《活著的兵士》。小說中，石川精心篩選了五個平凡隨俗的小人物，在戰火鎔爐中，鑄煉成失去人性脈動的鋼鐵殺手，見證戰爭輾壓下的愚蠢和醜陋模印。近藤剝光疑是間諜的中國女子衣服，以匕首刺透乳房，從救死扶傷的醫生變成殺生不手軟的屠夫。超渡士兵亡靈的隨軍僧片山玄澄揮動鐵鍬劈殺十多個手無寸鐵的敵人，手腕上稀哩嘩啦乍響的佛珠成了奪魂鈴。上等兵武井刺死偷竊白糖的中國苦力後，想到再也不能為團長放糖做菜時流下傷心的淚水。浪漫感性的報社校對員平尾，為了不擾亂休憩和幽靜，亂刀捅死趴在母親屍體上哭泣的小女孩。傳道、授業、解惑的教師倉田用沾滿血跡的雙手書寫日記，排解異國莫名的惆悵和孤獨。農民笠原殺人之餘，念念不忘索取自己崇拜的女明星簽名照。從良民到惡棍流氓、從血肉之軀到幽靈戰士、從人性到非人性，戰場變成活生生的殺手訓練營。石川以十天寫完《活著的兵士》，在《中央公論》刊載時，八萬多字被大量刪修，但仍遭受「寫了皇軍士兵殺戮非戰鬥人員、掠奪、軍紀渙散的反軍內容，擾亂社會秩序」、「捏造事實，擾亂治安」、「違反報紙法」等嚴重指控，《中央公論》被停刊，石川達三判刑四月、緩刑四年。如果刑責重一點、刑期長一點，而石川沒有被緩刑，坐完牢，戰爭也結束了，石川終生是一個敢怒敢言的血性漢子。判刑十多天後，日本給了石川一個「改過自新、戴罪立功」的機緣，石川再度以中央公論特派員身分採訪武漢戰場。為了恢復名譽和擺脫「罪人的屈辱」，石川以贖罪心情寫下荒誕欺詐、扭曲真相的《武漢作戰》。那一刻，石川就和隨軍僧超渡的骨甕中的軍魂、為了生存而變成行屍走肉的倉田小隊，成了一個被軍國主義符籙鎮降的亡靈。他的作家靈魂死了。

以《蒼氓》描寫日本貧農移民巴西的苦難、以《活著的兵士》大膽而勇敢暴露日本戰爭暴行的石川達三，泯滅作家良知，加入了御用文膽行列。戰後一九四六年五月，石川接受《讀賣新聞》訪問時，親口承認大屠殺事實：「我抵達南京時，盈街屍體，慘不忍睹。」一九八五年去世前三個月卻改口說：「我抵達南京時日軍進城已兩週，沒有看到一點大屠殺痕跡。數萬人的屍體兩週內是處理不完的。大屠殺令人難以置信。」《活著的兵士》出色而生動的戰爭景象，似乎也成了海市蜃樓、電腦動畫。死前交心，不願擔負「背叛祖國」的罪名。詭異的是，日本戰敗後聯軍追究御用文膽責任時，《活著的兵士》化身護身符，使石川免受處分。

侵華戰爭御用文膽最大罪惡之一，就如大陸軍旅作家王龍的《刺刀書寫的謊言：侵華戰爭中的日本「筆部隊」真相》中所言：「這批侵略戰爭催生的文學畸形兒，產生了極其惡劣的影響。他們進一步蒙蔽了不明真相的日本民眾，煽動成千上萬的日本軍人源源不斷地開往前線充當法西斯的炮灰，更加劇延長了戰爭受害國人民的災難和痛苦。」

在暴露侵華戰爭真貌的《活著的兵士》和美化聖戰的《武漢作戰》真心和矯情、冒犯和諂媚龍顏的雙面表演下，到底如何定義石川達三的文學成就？毫無疑問，《活著的兵士》和一九五五年堀田善衛的《時間》，是戰時和戰後數十年間日本作家描寫日本戰爭暴行最全面、誠懇和深滲的小說。戰後石川達三也寫了《風中蘆葦》、《人牆》、《破碎的山河》、《金環蝕》等反映戰爭疾苦和揭露社會弊端的優秀小說，加上初露啼聲的《蒼氓》和引發軍閥誅鋤異己的《活著的兵士》，石川達三在日本近代文學史上的確有資格占有一席之地。一個作家的優秀作品中伴隨著幾部劣作，並不會磨損成就，但《武漢作戰》並非普通的劣作，而是一部昧著良心和矇著雙眼寫就的魔鬼之作，它也可能永世成了石川的阿基里斯腱。

《活著的兵士》之後，石川以「贖罪」心情寫了《武漢作戰》，但也可能以餘（殘）生寫下《風中蘆葦》等贖罪的良心之作。經歷過《活著的兵士》和《武漢作戰》衝擊後，很難理解戰後石川的創作心情。可能一邊書寫，一邊痛飲愁苦、矛盾、羞愧、徬徨的情緒雞尾酒。可能蘸血為墨，安撫良心的吶喊，縫補作家的破碎靈魂。《武漢作戰》這隻暴龍的巨大咬合力在他的文學板塊留下的齒痕能否煙消雲散，只有留待時間處理了。

書寫諸如《活著的兵士》和《時間》等戰爭文學不是易事，尤其浸淫在屠殺氛圍和生靈塗炭中。撰述暢銷百萬冊的報導文學《被遺忘的大屠殺——一九三七南京浩劫》（*The Rape of Nanking: The Forgotten Holocaust of World War II*）而震驚世人的張純如（Iris Shun-Ru Chang）女士，面對黑暗和血跡斑斑的史料，頭髮脫落，體重驟滅，噩夢不斷，一個英姿煥發、樂觀好學的年輕女孩從此恍惚暴躁，掉入躁鬱症的狼窟蛇穴，三十六歲舉槍自盡。

因為《活著的兵士》，我向石川達三致上最高的敬意。

譯序

石川達三其人及作品

劉慕沙

石川達三，日本小說家，明治三十八年（一九〇五年）生於日本秋田縣橫手鎮。後移居岡山縣高梁鎮，初中畢業後赴東京，自第二早稻田高等學院升早稻田大學英文科，然因學費不繼，一年而中途輟學，任一實業雜誌記者。於此數年間，曾獲機搭乘開往巴西的移民船，歷經約莫半年的旅遊，遂以一九三〇年神戶的國立移民收容所做背景，將出國前夕移民百態描繪出來的悲喜劇長篇小說《蒼氓》，憑其「扎實的描繪手法、架構之大，以及富於社會性與積極的反映時代意識」而榮獲首屆芥川文學獎。前此，石川氏在任記者期間，業餘並與一些同人雜誌保持關係，沒沒無聞中磨練達十年，而塑造成他一貫的主題和寫作態度——溫和不偏激的社會性與正義感、立足於現實，不越規而合乎常識的道義心。在社會性與挖掘人性本質方面，石川氏的文學觀頗受左拉影響，在表現上卻比左拉更大膽而徹底。在二次大戰之時嚴格的言論管制之下，他那「深惡軍閥與官僚的血液」和對創作自由的熱烈追求，仍使他本著文學工作者的道德良心與悲天憫人的大無畏精神，接連寫下了《不見天日的村莊》、《風中蘆葦》、《活著的兵士》等爆炸性的「反抗文學」。

另一方面，石川氏並寫下《心猿》、《結婚的生態》等探討新派男女關係的小說。

戰後，石川氏縱橫活躍於新聞小說，可貴的是並不因而失其一貫的特色，卻由於適度的融入了通俗性，反而使社會性、思想性以及男女生態的表現，展示出一種自然的統一。而那種理想主義的傾向，也令他得以保持其免於流向通俗的健康性。

石川的另一特色是標題新穎奇拔，如「非屬無望」、「惡之樂」、「在自我的坑洞裡」、「四十八歲的抵抗」等，可說是彙集戰後的社會相和時代參與所表現出來的名詞，也因而成了大眾耳熟能詳的流行語。

此外，石川氏復以其敏銳的新聞感與廣闊的視野，積極參與再軍備、警職法、安保改正、亞非作家會議等問題，經常發表極富先見的重要言論，而引起議論。

石川不僅是個傑出勤勉的文學工作者，同時也是一位有見識、有良知、有勇氣、有擔當的文化鬥士兼先知先覺者。

石川氏於一九八五年元月三十一日，因宿疾胃潰瘍及肺疾，病逝於東京，享年八十。

石川氏的代表作除了以上提及者之外，尚有《幸福的界限》、《日常的爭戰》、《母系家族》、《人生畫冊》、《人牆》、《最後的共和國》、《綠色革命》、《骨肉的倫理》、《惡女手記》、《淪落的詩集》、《愛情終了時》等。

《活著的兵士》為石川達三於中日戰爭初期，以隨軍特派員身分輾轉華北華中戰線，根據一路上所見所聞所撰寫的中篇戰爭小說。石川以鮮活生動的筆觸描寫膠著於華中戰線上的日軍所經歷的苦戰，與「皇軍」的兵士們在戰場上的種種凶殘的暴虐行為，同時，也深刻刻畫出置身戰爭這種非人性的現實當中，理性與情感逐漸麻痺殆盡的兵士們的內在歷程。

一九三七年七月七日，中日盧溝橋事件爆發，同年十二月十三日，日軍攻占南京。這年十二月底，石川由中央公論社以武漢作戰隨軍特派員身分派往中國大陸，是這段期間由各報章雜誌社派往中國大陸的眾多文壇資深作家（如尾崎士郎、林房雄、吉屋信子、榊山潤等）當中唯一的新人。

石川赴華後，從上海而蘇州、而南京，再回到上海，於次年元月底返日。二月一日著手撰寫《活著的兵士》，夜以繼日埋首疾書，於二月十二日早晨完稿。這部作品發表於一九三八年二月十八日出版的三月號《中央公論》。據說三百三十張稿紙被刪除者多達八十幾張。直到戰後的一九四五年，未經刪除的完整本始告問世。

《中央公論》三月號發行當天便遭查禁。儘管石川曾於附記上表示「本文並非實戰記錄，而是個人自由創作的一種嘗試」，但仍於二月下旬被警視廳拘捕，復於八月以「違反報紙法」受到公訴。九月五日東京區裁判所公審結果，石川以「報導皇軍兵士劫掠、屠殺非戰鬥人員，以及軍紀鬆弛等情況，擾亂安寧秩序」罪名，被判監禁四個月，緩刑三年。中央公論社總編輯雨宮庸藏也遭受同樣的判決，出版部長牧野武夫則被判罰款一百圓。檢察官不服判決，於次日提出上訴，但次年四月舉行的二審結果，仍維持一審原判。

石川在庭上答辯時，曾就他希望被派往戰場的理由解釋說：「就連新聞報導也只傳播對軍方有利的一面，而不讓國民知道事實的真相。個人對於國民那種悠閒的心情感到不滿，國民視出征軍人為神明，肯定我軍所占領的好土地能夠轉眼之間建設成人間樂土，並獲得中國民眾的合作。實則戰爭絕不是那麼個悠閒的樂事。個人以一個文學工作者，應有責任讓全體國民知道戰爭的真相。」

在被詢及有關日軍殘暴行為的描寫會否損及國民對皇軍的信賴時，石川毅然回答：「個人就是有意損傷國人對皇軍的信賴。他們根本就不該視出征軍人為神明；個人以為他們應該多看看真正的人的形象，再把信賴建立其上才是。個人就是企望打破國民一向的錯誤想法。」

至於《活著的兵士》這個標題，作者表示具有兩種含義，其一是針對著死亡當前，在戰爭裡存活下來的士兵而言，再就是「像個真正的人的兵士」之意。

又一九四五年十二月，河出書房根據石川當年所暗藏的校樣版重新刊行的完整本上，石川於序文中提到：「個人寫這部作品，原打算藉著傳達戰爭的真相，以促使後方因勝利而驕矜的國人做一番明徹的反省，無奈我這種意圖終遭抹殺。而失去言論自由的後方，終於官民同愚之餘，不得不親眼目睹國家的悲慘命運。如今想起，還是不免感到遺憾。」

時至今日，日本政府部分愚昧之士，屢屢試圖竄改侵華及屠殺中國人民史實，像這樣出自日本文學大家筆下的一部揭露日本侵華暴行的小說，或許更具歷史見證與時代意義。

一九九五年九月

活著的兵士

1

高島師團主力部隊登陸大沽，乃是北平乍乍陷落，中國大陸殘暑猶存的時節。大群大群的蒼蠅跟隨著滿身汗水與汙垢的兵士們的行軍隊伍，一路勾畫著圓圈圈飛舞前進。

接下去是沿子牙河兩岸追敵兩個月，途中得悉石家莊業經友軍攻占，這時則已是深秋寒霜白了哨兵肩頭的季節。

高島師團的主力部隊集結於寧晉的村落，待命中做了為時十天的養息。在這段期間，每一中隊都分別舉行了追悼會。兩名中隊長戰死，步兵則喪失約十分之一的兵力，卻沒有聽說補充部隊即將開到的消息。

充當聯隊部的民房背後突然竄起了火舌。濃煙烏毒毒地掠過夕陽斜照的聯隊部窗口。

率先趕到的笠原伍長和兩名部下，逮住了在火災現場打轉的一名中國人，是一個二十二、三歲的青年，衣衫襤褸，脖頸和手腳卻因為汙垢而顯得斑斑駁駁。

「逆（你）！」笠原伍長吼道，但接下來他所知道的有限幾個中國單字，就不足以用來盤查了。他擤了擤鼻水，對部下說：「你去把聯隊部的通譯找來。」

那名士兵撒腿跑開以後，笠原就坐到扔棄在路旁的甕子上，看起火勢。火焰順著牆壁爬上二樓的天花板，抵達屋梁。瓦片與瓦片之間開始灼白地燦亮了起來，火焰渦漩著在窗子裡滾動。

「火勢好旺呀，熱死了。」另一個士兵張開雙手，裝出在火爐上烤火的樣子，打量著那個中國人說：「瞧這傢伙這副長相，真就幹得出來的樣子。」

小伙子枯樹一般木然地站在兩名士兵旁邊。沒有表情的面孔；一張瘦削而又有些憨呆的臉龐。接二連三聚攏來七、八個兵士，將這個小伙子圍繞了起來。

中橋通譯手槍掛在肩膀上，兩手插在口袋裡，打著皮綁腿，搖晃著肩膀走過來。

「是他幹的嗎？」

「八成是，你盤問看看。可惡的東西，居然想放火燒隊部……」

通譯吐掉銜在嘴裡的火柴棒，嚴厲地講了幾句什麼，青年卻只管瞪了他一眼，默不作聲。通譯輕輕推了推他的肩膀，反覆盯著問。小伙子於是用平靜的聲音簡短地回答了他。通譯陡然伸過手去狠狠摑了青年一巴掌。後者止不住搖晃了幾下。一堆屋瓦從熊熊燃燒的火焰當中轟然崩塌下來。

在一旁觀望的兵士問道：「他說什麼來著？」

「這小子說：『我放火燒自己的房子，你管得著！』」

坐在甕子上藉著火災熱氣暖身的笠原伍長唰地起身，抓住青年的臂膀就走。

小伙子乖乖地跟著走了起來，兩名兵士從背後跟了上去。走了十來步，笠原掉過頭來衝著中橋通譯意味深長地咧嘴一笑。

「來！慨慨的（快快的）！」

走了一百多公尺已是郊外，四個人來到由林立著楊柳的河渠和鋪展兩岸的田疇所構成的一片寧靜夕景當中。太陽已經西下，天空茜紅一片。紅雲靜靜映入河水裡，是個無風而和煦的秋日。附近星星點點散落著一些農家，卻不見任何人影。一行人躍過若干具中國兵士的屍體，站到了河渠的岸邊。水邊開著一叢殘菊，田中的彈坑裡圓圓地蓄存著新的水窪。

笠原停下來掉轉頭。年輕人垂著頭望著似流動非流動的河水。一匹死了的中國馬從水裡突出牠圓滾滾的肥臀。馬鞍一帶被浮萍所圍繞，看不見馬頭。

「我說轉向那邊！……小子敢情聽不懂，真是個勞神的傢伙。」

笠原不得已，只好自己繞到青年的背後，拖泥帶水地拔出自己那把戰刀。一看到這個，瘦削如烏鴉的青年頹然跪倒，快口大嚷著什麼，一邊對著笠原合掌拜將起來。然而，笠原已經習慣於被拜；而縱使已然習慣，內心還是老大不舒服。

「欸！」

剎那間，青年的叫嚷戛然而止，原野重又恢復寂靜的夕景。青年的頭顱沒有落地，傷口卻相當深，在他倒地之前，血水已然大股大股湧上肩頭。他的身體傾向右邊，倒向堤上的野菊叢中，然後再打了個滾。只聽一聲鈍重的水聲，他的半身於是緊傍著死馬的臀部掉入河渠，滿是泥巴的兩隻光腳板並排著朝向天空。

三個人默默地折回頭。暮色初降的村落，依稀可見四處飄揚的太陽旗。火煙裡開始映出火焰的橙紅。是即將開始晚餐的時刻。

火災自然熄滅之後，夜晚降臨了。聯隊部的後院裡，四、五名兵士圍繞著火堆，像往常那樣的在烤地瓜。壞了的椅子在火堆中噴著火焰扭曲、斷裂。隨軍僧片山玄澄在濃煙的燻嗆之下，用靴尖去滾動火堆裡的地瓜，一面以嗄啞的聲音喃喃地說：「我說，看樣子要轉移戰線啦。」

「你說轉移，往哪兒轉移？」笠原伍長用髒汙而粗大的手指捏出一根配給的軍菸，將它點著。

「聽師團長的口氣，好像要先調回天津方面。」

「你見過師團長閣下了？」

「嗯，是關於靈骨的事，要是部隊準備在這裡待上一陣子的話，我本來打算利用這段期間將骨灰奉送到天津或者大連去，師團長卻說用不著特地跑一趟，因為部隊敢情會移動到天津方面去。」

「天津呀！」笠原伍長忽然大嚷著拍了一下大腿說：「行，到了天津，我可要好好的玩它一傢伙，喏，你們大夥兒！」

一名士兵一本正經地搭腔道：「泡藝妓、嫖女人，再痛灌它幾杯大黃湯……」

「啊哈哈哈……」笠原發出毫無收攏的笑聲。有人拍他的肩膀，回頭一看，是中橋通譯烤火來了。

「方才那個『逆』（你），幹掉了？」

「幹掉了，那小子……」笠原看似對房子被放了火很是不甘，其實在中橋問起之前早已忘記那回事，在他來說，那是一起稀鬆平常的事件。

「河渠裡有匹死馬，這當兒敢情讓那匹馬親親熱熱地摟抱著咧。」

由於一名士兵唰地起身敬禮，其他人這才留意到聯隊長西澤大佐嘴裡叼著香菸，晃向火堆而來。大佐接受大家的敬禮之後便伸手到火堆上去烤火，並且問什麼東西這麼香。士兵將椅子推向他，同時坦率地回答正在烤地瓜。

「不請我嘗一嘗？」

兵士們高興地笑了。西澤聯隊長是他們頂頂崇拜的長官。身材並不厚實，個子又高，毋寧說顯得單薄而不很健康，然而那副堂堂的儀表，止不住教人感到他那豪邁的性格從皮膚的每一個毛細孔裡洋溢出來。身上的衣服和雙手因泥土和灰垢而髒汙不堪，這點和所有的士兵沒什麼兩樣。他坐到椅子上，撫起了疏於修刮因而長長了的鬍子。

「聯隊長，您的鬍子長得很等樣了。」通譯說。

「唔！隨軍僧那把鬍子比我的要漂亮多了。」

兵士們再度開懷大笑。聯隊長這樣的同著大夥兒一塊兒烤火這事使他們感激涕零。笠原伍長審視了一下火堆，用木片將剛巧烤熟了的一條地瓜撥了出來，再從口袋裡取出紙片，也不顧地瓜有多燙手，便用紙片包著捏起。不過，他還是躊躇著不便將地瓜遞給聯隊長。

「你讓聯隊長嘗嘗呢？」隨軍僧啞聲破鑼地說。

聯隊長默默伸出手來。笠原伍長欠起身子，恭恭敬敬地奉了上去。大夥兒一動也不動地凝視著肯於賞光吃他們所烤的地瓜的長官那副模樣。

「聽說部隊要移動，你們認為會移向哪兒？」

「好像要移向天津去吧。」隨軍僧片山玄澄回答。

「嗯，為什麼？」

「聽師團長說話的口氣，好像是這樣。」

西澤大佐剝去地瓜皮，將猶在冒熱氣的一塊丟進嘴裡。兵士們不約而同地咕嘟一聲嚥下了口水。

「說真個的要到什麼地方去？」中橋通譯問道。

「我也不知道。無論如何，會改變戰線是可以確定的。」

「是的……」

「攜帶口糧發了沒有？」

「是的，已經領到了。」

話頭一斷，大夥兒突然想起了離開天津以來的戰鬥經過，接著又試著去估測往後的戰爭。有聯隊長在一旁，大夥兒變得精神抖擻而非常勇敢，並且覺得參加戰爭是一件出乎意料地和平的事，沒什麼大不了。

值班的士兵跑了來，咔嗒一聲靠腿敬了個禮說：「副官有請聯隊長，說司令部來了指令。」

「噢……」西澤大佐從椅子上起身。火堆四周的兵士們個個筆直地立正敬禮。

大佐一走，大夥兒鬆下肩膀聒噪了起來，同時爭先恐後地打火堆裡取出地瓜。笠原伍長脫掉右腳的靴襪，只見黏固著黑色汙垢的那隻扁平大腳正在冒著熱氣。出乎意料的，是隻白胖柔軟的腳。

「一、兩天內就要出發啦。」伍長說著，藉著火堆的亮光打量著腳底。

響起了飛機聲，當然弄不清是敵人還是友軍的。然而大夥兒並不在意，他們已然習慣於這種疑問，以至於無意去為這事操心。笠原右腳依然擱在左邊的大腿上，再度拖泥帶水地拔刀出鞘。

「要幹麼？」

「路走太多，腳掌皮硬得什麼似的，痛得我走路都成問題，比中了彈還痛哩。」

他將臉孔湊近腳掌上邊，一邊吸鼻水，一邊用佩刀削起了堅硬的腳皮。擦拭得不夠徹底的刀身，有幾處捲刃，甚至還留著些殘紅，由於油垢的汙濁，以致鉛條一般地失去了光澤。

第二天大清早，出發命令下來了。行軍至石家莊。路程幾乎有十五里那麼遠。砲車和輜重車的車轍將路面破壞得一塌糊塗，行軍隊伍因而老要散亂開來。輜重部隊與西澤部隊的步兵第三大隊決定留至明天再出發，友軍的一部分將在那以前到寧晉來接防。

午飯晚飯於二十分鐘的休息時間裡合併用完。水壺裡的水冰凍透骨。

行行復行行，抵達石家莊已是深夜，月兒高掛天空。部隊直接駐進火車站，滅了燈火的黑漆漆的站上，那一列貨車車廂，權當今夜的宿處。大兵們把空汽油桶搬進車廂，引火取暖。然後蜷縮著身子躺進幾天之前想必運過馬的草堆裡。筋疲力盡的兵士們縮起打了綁腿的腳，以戰友的大腿當枕，死人也似地沉沉入睡。車門不時給粗重地推開，打外邊傳來呼叫聲：「野田一等兵在不在？野田一等兵！」

唔嗯呻吟的便是被喊的那一個，那是疲憊欲死的聲音。然而，只要別的兵士吼聲「站衛兵啦！」那一個立刻就會清醒地應聲爬起，即或酣睡中也明白站衛兵這個任務有多大。他對這任務的順從，幾如機器般的一絲不苟而且可憐。他從抱著槍桿熟睡的戰友之間爬了出去，跳落黑暗的鐵軌上。拔出腰間的刺刀，咔嚓一聲上到槍口上。冰凍的泥土踩在靴子底下堅硬如石板路。他扶起外套領子走向崗所。售票口裡邊成了崗所，十二名交接兵燃了火堆在烤火。

第二天早晨，東方的天空開始發白時分，貨車滿載著兵士奔馳起來。石家莊四處飄揚著太陽旗，這才要從不安穩的睡眠中醒過來。此地已經有西裝外穿了大衣的數十名軍屬，胳臂上纏著宣撫班的臂章，正在東奔西跑的從事戰後工作——為了建設朗朗華北、為了讓此地居民對正義的日本有所認識、也為了帶給他們安居的樂土……老百姓髒汙而烏鴉一般的黑裳，那臃腫而棉絮歪扭虬結的衣袖上，戴著太陽旗臂章，看到兵士隊伍就笑嘻嘻地行舉手禮。這畢竟只能表現他們那種可憐的境遇而已；已然習慣於戰禍的這般居民，從祖父那一代就被教以對待占領軍唯有順從一途。兵士們即使受到敬禮，也並不信任這些老百姓。

石家莊鎮郊，家家戶戶遭受破壞的痕跡，呈現出極端的慘狀。塌陷的人家堆滿了屋瓦和磚頭，顯得乾燥荒淒，令人毛骨悚然的死寂當中，只見厚厚的牆壁，低矮地林立在那裡。鐵路沿線則在日軍的指使之下，村落裡的老百姓正在收拾中國軍的屍體。他們先行挖坑，再加以掩埋。幾十具屍首重疊著丟進坑裡，死魚那般張嘴歪頭地任由他們蓋上耕地上的泥土，就這樣在玉米田裡造起了無名戰士的墳墓。

貨車載著兵士們的無聊，沿著平漢線北上。正定、定州、保定，這天夜裡預定停在涿州站上等候天明。從前線回到了此地，駐防的兵士臉上的神情，似也平和許多。哨兵的守候室那裡，有的士兵還倒出水壺裡面的酒來相款待。

第二天早晨再度出發，於午前進入北平。然而，貨車並未在此稍停，過站之後便又繼續南下。到底是要往天津去罷，兵士們心想。

微暗的車廂一角，一名士兵在貨車的搖晃中開了口：「報告小隊長，我們要到天津做什麼？」這人姓平尾，是個勇敢的一等兵，喝醉酒就拍著大腿高唱滿洲的響馬之歌。

倉田少尉將眼鏡背後那兩道柔和的視線投向他，現出也不知有多和藹的笑容，那是一副窮於作答的表情。

「如果要改變戰線的話，就該從北平沿著京綏線往張家口方面走。」平尾一等兵不滿意地說：「天津目前沒什麼戰事。」

「駐防天津呀。」其他士兵搶白道。

「我也搞不清楚。」倉田少尉平靜地說著，認命地微笑，從桱開一條縫兒以便取亮的車門之間望向外邊。沿線乾枯了的玉米田野，形成一道道的條紋，從車門之間向後方流淌過去。可以看到農夫們在斜陽下的田裡做活兒；和平已然降臨此地……

這天夜裡抵達了天津。兩晝夜的貨車之旅使這些兵士疲憊不堪，他們這才鬆下一口氣，彎著腰站起，摟著背包跳落鐵軌上面。不料大部隊的傳令兵奔過來喊道：「快別下來。上車，上車，馬上就要開車啦。」

兵士們慌忙爬上原來的貨車，異口同聲地嘀咕：到底要把大夥兒往哪兒帶？而這班長長的軍用列車，於是載著不知目的地何在的一個大隊重新開車。看看手上戴的指南針，曉得方向是東邊。看樣子怕是預備前往兩個月之前登陸的大沽，接下去不定就是凱旋歸國啦。

然而，這天夜裡過了塘沽之後，火車仍舊繼續朝著東北奔馳。

要去的地方是蘇聯邊境！……這個謠言突然夾帶著一種戰慄傳遍整列貨車。準是要跟蘇俄開打了。新的緊張使得他們沉默，而且焦躁。這次的敵人是俄國。他們明白俄國陸軍的可怕勢力，也常聽說部署邊境的俄國防線有多鞏固完善。唯命是從，對於這點，不用說他們是沒有任何遲疑，但大夥兒還是幡然想起了故鄉，想起了家鄉的山河。只怕不可能再回去了；想著，不由得靜靜地緊咬起嘴唇。這天夜裡貨車上的兵士大都沒有入睡。

倉田少尉盤腿坐著靠在鐵板門上，從裡邊的口袋掏出小記事冊，在車身搖晃中記起了這一天的日記。出征以來，哪怕在激戰期間，他也沒有間斷過每天的日記，他就是這麼個井井有條的人。記完簡短的日記，他接著從背包裡取出用紅字印有「軍郵」兩字的明信片。

「大家都好嗎？老師也幸好平安地從事著軍務。希望小朋友們早日長大，為國盡力……」類似這樣的信函。當兵之前，他在故鄉的小鎮上當小學教員。（那真是多麼和平安寧的日子啊！）……既然要開向蘇俄邊境，倒真想由衷地給自己班上的小朋友們寫封訣別的信，無奈部隊的動向概屬機密。顧忌著可能給予童心帶來的衝擊，他躊躇著寫道：「老師恐怕沒有機會再見到各位小朋友了。」而這一句在給予童稚之心影響之前，就先影響到他自己。他驚愕地環顧整節車廂。沒有入睡的兵士們也都在打盹兒，他們全是天真而溫順的青年，他止不住跌入此刻這些兵士們就是他學生的錯覺裡。其中缺少了新田上等兵，水上一等兵和多賀一等兵也已不在。他閉上眼睛想像著獻縣郊外的那場戰鬥。我活下來了！他深覺不可思議，他居然活了下來，這令他有一種焦躁不安的感覺，這種焦躁不安將是一直持續到死亡為止的一種不安。忽然，他渴望打一場激烈的仗。下回再站上火線，一定要不顧一切地衝鋒陷陣一番，他想。於是一張臉脹紅了起來，心跳也加劇了。

再度於貨車廂裡迎接黎明。縮著身子睡在最角落裡的平尾一等兵，讓門縫裡射入的朝陽照醒，起身打了個大呵欠，嚷道：「啊！真想洗把臉呀。要能用冰涼的水洗個臉，該有多舒服啊。」

同車的四十名兵士都有同感，反而忍不住笑了出來；最近四、五天來，沒有一個人有過洗臉的記憶。

「我可希望好好地出它一次恭哩。」大學出身的近藤一等兵說。

事實上，離開寧晉之後就沒有工夫上廁所。貨車上沒有衛生設備，每一站的停車時間又奇短，兵士們的肚子都變得有點不對勁兒。不過，午後抵達秦皇島車站的時候，倒是停了足足兩個小時。這當兒近藤一等兵的要求得到了滿足。兵士們又各自分到了三天份的乾糧。

貨車接下去繼續向東北奔馳。錦州、溝幫子、新民屯……車抵奉天的時候，因著運動不足與無聊，兵士們已然陷入一種難以形容的憂鬱裡。他們喪失了活力，行動鬆懈而心浮氣躁。

西澤部隊長同著副官坐在前頭的裝甲車中。下車到月台上，他終也活動活動四肢，揉了揉麻木的關節。兵士們一到了月台上立刻就盤腿坐下，因為渾身上下痠痛得無法站立。

休息一個小時之後，他們坐上另一列火車。這回不是貨車，而是客車，附帶有衛生設備。火車接著離開奉天開始南下。

凱旋啦！不到一分鐘工夫，這個聲音頓時傳遍整列火車。萬歲！凱旋啦！他們就有這麼想回家鄉。正因為沒敢奢望還能見到故國的河山與親人，從心底噴湧而上的這股狂喜，也就格外無以遏止。

在火車上過了一宿，抵達大連，部隊遂分別在各個民房住了下來。人人都以為只等後續部隊開到，就將一塊兒乘船凱旋回國。這天晚上，他們在大連的大街小巷昂首闊步，喝酒高唱軍歌，然後買了大包小包的禮物準備回國送人。

第二天早晨，全體集合，各個中隊點過名之後，部隊長給兵士們下了道通告：「現在還沒有到凱旋歸國的時候，各人不得購買禮品。」

部隊接著行車到遠離市區的海岸，分乘幾十艘小艇，一而再地重複著敵前登陸的訓練。兵士們這才明白過來，部隊又將開往哪個新的戰線而去。

誰也不清楚這個新戰線在何方。中隊長大隊長不知道，聯隊長也不知道，不定連高島師團長自己都未必知曉。作戰上的機密務必嚴守，兵士們所投郵的信函也都給扣留在郵局，直到時機到來始能發送。

第三天，西澤部隊終於上船。是艘船舷漆了號碼的汽船，桅杆上懸掛著軍用船的旗幟。奉派在聯隊長室值勤的近藤一等兵，發現屋子裡有包嚴封的文件，封套上用紅筆寫著「出港三小時後再拆封」。封套的內容是下一個登陸地點的軍事機密圖，那是自上海到南京附近長江流域一帶的極其精密的地圖，記錄網絡一般分布其間的每一條河渠寬窄、深淺、淤泥厚度、可以徒步的地方、道路的寬度，甚至雨後易泥濘的地點也詳盡標示了出來。這便是等候著他們前往的新戰場。

三艘船隻響都不響一聲汽笛，相繼駛出大連港。兵士們打開圓形的窗子，無言地眺望著逐漸遠去的大連和它附近的島嶼，然後把買來的禮品丟棄到波濤上。大夥兒接著一咕嚕地躺上鐵床，不作聲地睡起覺來。

2

十一月十一日，攻略大場鎮、蘇州河，布下了上海包圍陣線的北線部隊，這天始與登陸杭州灣、渡過黃浦江一路北上的南線部隊在泗涇縣附近會師，上海的包圍於焉完成。而從大連出發的高島部隊開入揚子江，正是處於這種狀況之時。

船隻衝破江中濁流溯航而上。鑑於危險，兵士們禁止到甲板上。而就在這甲板上，西澤部隊長同著副官，在江風吹颳之下，不停用望遠鏡瞭望著河岸一帶。陸地距離江岸也不過一、兩公尺高，又平坦如一塊木板，因而從船上所能看到的只有江岸上的草叢和河渠上成排的楊柳所構成的一絲細長線條。幾十架飛機在那上空飛來飛去。浦東的殘敵掃蕩行動這天最是痛烈，從好幾個地方冒出的起火濃煙，高高地沖上天空，風中不時傳來艦砲鈍重的聲響。

不久，上游出現了停泊在那裡的二十來艘船隻。它們全都是日本的軍用船隻，每條船上都掛著太陽旗，船舷上也都漆有號碼。他們所乘的三艘船也加入這批船隻當中拋下了錨。這兒是吳淞砲台附近，用望遠鏡可以看到狀似毀壞碉堡的物體，來到了前線的感覺格外強烈。離開大連之後一度鬆弛下來的心情再度緊張了起來。

每人分到三天份的乾糧，船隻在停泊中過了一夜。

「你們大夥兒給家鄉寫個信吧。寫好了集中起來交給船長保管。很可能是最後一封信啦，這次的敵人是支那軍中訓練有素的一批。」倉田少尉脫掉上衣準備就寢，一面這樣告訴屬下的兵士們。口氣非常慈祥。他這個小隊長一旦站上火線，就會激動地脹紅起面孔，咬牙切齒地恨道：「他媽的，他媽的！」但面對部下的時候，就彷彿自甘屈服於小學老師那股慈愛的情愫，單純的就只是個三十一歲的單身軍官。

鐵床架成上下兩層，平尾一等兵枕著胳臂歪在床上，突然小聲唱起歌來。

（誓志挺身赴戰場，甘願捨命做國殤……不勞秋蟲空悲唱……）

除了拍打舷側的江濤之外，艙內一片肅靜，那歌聲遂以一種異樣的實感流過這份靜寂。唱完歌之後，平尾一等兵別開臉去流下了眼淚。他並非為挺身上戰場悲傷，也並不怕死，只是艙內的一百八十個人，個個都在默默等候著明天戰死沙場，他們的這種心情使他感到無比悲哀。沒有一個士兵抱怨這事，這種精神上的一致令他感到可泣。平尾以前在某一城市的報社裡擔任校對，是個浪漫的青年。和外表那魁梧的身架頗不相稱的他那感性特強的纖細神經，在戰場粗獷暴烈的生活摧殘之下，三兩下就崩潰殆盡。而重新促動他全身的神經，乃是一種自暴自棄的鬥爭之心。自從開上火線以來，他突然學會了說大話。他能夠像個講師那樣，將自己斬殺敵人的經過，繪聲繪影地說給人家聽，這就是他的新浪漫主義。而等到沒有戰事空閒下來的時候，從前那副細緻的神經遂又復甦過來，使得他支離破碎。

「平尾，你不寫信？」一旁的近藤一等兵搭訕過來，他已經寫完好幾封信。

「不寫！」平尾好像有點冒火地說。

「為什麼……」

平尾沉默了半晌，這才蒙起毯子撂句話說：「家鄉那干人怎麼可能明白我的心情！」

近藤停下筆，定定地凝視著這位戰友的睡容。他好像能夠了解平尾這種感情，但他無法對這種感情寄予同情。

「不明白又有什麼關係？好歹寫一寫嘛，寫了以後心裡清清爽爽，了無牽掛，總覺得死了也無憾。」

「哈，瞧你說得好像滿通情達理的樣子。」

舔著鉛筆心寫明信片的笠原伍長哇啦哇啦笑將起來。他出身農家，排行老二，向來肚子裡沒什麼墨水，正因為這樣，才能夠毫無道理地安於這種境遇而毫不動搖。

在甲板上走動的衛兵腳步聲，整夜裡咔咔、咔咔的在他頭頂上方來回。從圓形窗口望出去，浦東上空熊熊燃燒成一片通紅。

第二天一大早，搭乘另一艘船的高島中將，率領著師團參謀和副官，乘著一艘小艇沿著黃浦江溯江而上。兵士們傳言說準是到軍司令部去了。一行人於午後回到了船上。

這天傍晚，上百隻小船密集來到他們的船邊。也不知是從哪兒集攏來的，都是些二、三十噸到五、六十噸的船隻。天已經開始轉黑。全體兵士背著背包，子彈上膛，摸黑陸續換乘小船。而也不知從哪兒駛來的，他們的船側停泊著兩艘驅逐艦。

這時，一艘百餘噸的客船，豪華地大亮著燈從下游駛了來，自密集的小船之間穿梭而過，逕自向上游駛去。船舷上附帶英國旗，用斗大的白字寫著「英國輪船武昌號」。這艘客輪簡直就是前來視察登陸情況的。

倉田小隊縮著膝蓋擠在狀似渡船的一艘「長山號」上。坐下來摟住膝蓋和槍桿兒，人就變得無法動彈。江上的晚風夾帶著初冬的寒氣在耳邊呼嘯。

半夜一點鐘，開航命令下來了，目的地是上游。一艘驅逐艦打頭陣，另一艘則來來去去地往返於小船的行列一側，從事警戒任務。是個無星無月的陰沉夜晚，江上和陸地上都不見一星星燈火，唯有後方浦東的天空今天仍在灼紅的燃燒。船行很慢，兵士們屏住氣息在嚴寒中顫抖，他們當中的半數都還沒有分配到冬季外套。

笠原伍長獨個兒抱著佩刀呼呼大睡。「真了不起。」倉田少尉呢喃著微笑。儘管明曉得應該趁著現在多睡會兒，無奈誰也睡不著。

黎明時分，這些船隊抵達了白茆江與長江合流的地點。這兒有三十隻左右的小型軍艦排成一列，天一亮便一齊向右岸開砲。那真是無以形容的一種轟轟烈烈的攻擊法兒。江岸立時被遮天蓋日的沙塵所淹沒。敵方多以機槍還擊，船舷喘喘有聲的反彈著子彈。不久，江岸附近放起了煙幕，微弱的晨風裡，淡黃色的濃煙重重地籠罩在水面上。

第一波和第二波的登陸部隊，並列著船頭衝入煙幕裡。倉田小隊加入第三波的登陸部隊。

倉田少尉單膝跪於船頭，佩刀拉在膝前，一動不動的凝望著北島中隊長所乘坐的那條船。中隊長是四十來歲的備役大尉，哪怕在激烈的戰事期間，也不忘一早就喝水壺裡的冷酒，然後兀自擺出一副和藹的笑容，他就是這麼樣的一個人。他是鄉下一家貨運行的老闆，一個動作緩慢的「大」人兒。他從不大聲下令，總是帶著慣常的微笑說：「喏，咱們這就出發罷。」

他那艘船開始前進，輕機槍手一張臉緊貼在冰涼的槍托上，沉下身來。其他船隻也列成一橫排前行。

在船隻開始進入煙幕裡的時候，倉田少尉突然被一種強烈的恐懼所襲，因為前頭完全看不見。萬一衝出煙幕的剎那，劈臉就遇上敵人的龐大部隊，將會發生什麼樣的情況？他這一邊的部隊勢必陷入極其不利的地位。

咻！咻！敵彈帶著尖銳的呼嘯飛掠而過。違隔了一段日子再聽到這些槍聲，竟也一聲聲地撞擊到心頭上來。然而，他已然決定赴死，那是一種焦躁不耐的感覺，與其說以赴死的覺悟為國拚命，倒不如說是管他三七二十一，只求早點死掉的那種心情。他用右手在額頭上搭了個涼棚躲開燻眼的濃煙，一面透視前方。

冷不防敵岸陡然出現在兩公尺的眼前，船隻一頭撞上了江岸。兵士們踩著沒脛的水，立即分散到江岸底下，頂著野草匍匐下來。他們沒有遭受攻擊。右翼似已展開相當程度的戰鬥，前頭，友軍已經前進有六百公尺那麼遠。

北島中隊就這麼樣開始向前挺進，並沒有展開預期的戰鬥。到了當天晚上，這才聽說右翼那邊的師團參謀負了傷。

占領了民房，在地板上引火用飯盒燒著飯，倉田少尉又仔細地寫起了今天的日記。同一中隊的古家中尉啃著乾麵包，一面笑道：「你也真能寫，以為還有機會讀它不成？」

事實上，對倉田少尉來說，寫日記並沒有什麼意義。想必不大可能還有機會再度翻開這一頁來重讀。然而正因為這樣，他才更想寫下來；這或許是一種女性化的情感，但如果沒有任何其他人知道他這人的生前種種，於他是件太過寂寞的事。這是一種合乎常理的情感，他是無論如何也沒辦法放棄這種心情，讓自己進入那種非理性而不合乎常態的精神裡去。為此，他受到一股焦躁的不安所呵責，遂想到管他三七二十一，只求早日赴死也罷。

天黑前，中橋通譯受步兵砲隊的兵士之託徵召馬匹，他在村落裡四處打轉。這是個五、六百戶人家的小村落，走上二十來分鐘就曉得村子裡並沒有一匹馬。原來拖砲的那匹馬掉進河渠跌斷了腿，影響到明日的行軍。兵士死了心，決定改用畜牛。

「要牛就有，水牛哩，沒關係罷？就是用牛來代替馬匹。」中橋說著笑笑。

中橋還只是個十九歲的小伙子，戰爭一開打，他便志願當通譯，由於年齡不足落了榜，他又提出請願，於是獲准從軍。血氣雖盛，看起來仍是個纖弱青年。

村郊一戶農家的牛棚裡拴了條水牛。通譯勾頭望望屋後，準備牽走這條牛。只見一個滿臉皺紋的老太婆，獨個兒默不作聲地在灶下燒火。

「喂，老太太。」通譯站到門口說：「我們是日本軍，要用到妳家的牛，雖然委屈妳，我們還是帶走啦。」

老嫗尖著嗓門抗議：「去你的，說什麼傻話嘛。這條牛上個月才買回來，讓你們一帶走，我們還能做活兒嗎？」說著，搖著手從土間走出來。不料那三個人已經將牛牽出牛棚，正在商量說好像可以派上用場。看似有歇斯底里傾向的老嫗這下子可驚慌了，一把推開手拉牛繩的士兵，擋在牛頭前面大喊大叫。

士兵有點出不了手，只得苦笑著觀望中橋與老嫗激烈地往來應答。

中橋通譯忽然哇啦哇啦大笑道：「哎哎，你們瞧，這老太婆有多鮮，說什麼無論如何也不能給我們這條牛，還說她有兩個兒子，可以把兒子拉夫去做活兒，牛可是說什麼也不行。」

兵士們圍繞著火冒三丈的老嫗和她那條牛揚聲大笑。

「難不成要她兒子四肢著地拖砲車？」

然而，天已經開始黑下來，天一黑，危險可還多著。大夥商量妥當只好不顧一切地硬牽。

「讓開！」一名士兵推開老嫗，拉起了牛繩說：「妳再囉嗦就要妳的命！」

然而，老嫗還是口沫橫飛地叫嚷著抵抗。他媽的……通譯咋咋舌，從老嫗背後一把抓住她的衣領，將她拖倒。老媼禁不住這一拖，四腳朝天地跌入路旁的泥田裡。兵士們被濺得一身都是泥水。

中橋笑著走了起來說：「姑且饒妳一命，等打完了仗，牛也會還給妳。」

水牛開始嘟克嘟克地走在滿是沙塵的路上。兵士們心情舒爽。這片大陸上蘊藏著無限財富，而且可以予取予求。這一帶地方居民的所有權和私有財產，就像是野生的水果那樣，向這班兵士開放。

不過，他們卻受到這條牛的報復。第二天早晨出發之際，一切準備停當，只等進發命令下來的當兒，這條牛竟然拉著砲車咕嘟咕嘟地泡進水田裡去了。兵士們不得不滿頭汗泥地將砲從水田裡拖了上來。

十一月十四日，西澤聯隊準備進入支塘鎮，在鎮前的一個村落，與駐守當地的一支頑強敵軍展開了一場激戰。河岸上成排的柳樹葉子已經落盡，好一幅荒涼的景象。一望無際的平坦耕地裡長滿了棉花，枯成鏽紅色的莖枝上，閃亮著稀稀落落的白色棉絮。迫擊砲帶著可厭的響聲呼嘯而來，這兒一口那兒一口地給棉花田掘開新的坑洞。

平尾一等兵歪在其中一個坑洞裡支好了槍身，卻不知為什麼興不起鬥志。正午的陽光當頂罩下，戰場明亮而溫暖。一陣密集的機槍聲停止之後，一股茫然的恬靜遂帶給人某種奇妙的錯覺。距離敵壕也不過五十公尺遠，可以望見動來動去的腦袋。平尾一等兵仔細地瞄準，挨個挨個地打過去。

福山一等兵爬過棉花田，一咕嚕滾進坑洞裡來。礦工出身的他，鈍重而沉默寡言。

「給我一根菸好不好？」

平尾遞給他香菸。兩個人都沒帶火柴。福山叼著菸捲咋了咋舌。

「我去要個火罷。」他自言自語，悄悄抬頭觀望，只見十幾公尺遠前面的田畦那裡，四名兵士聚攏在一堆射擊。

平尾撕下白色的棉絮將它拉長，捻起了棉線。驀地裡，福山跳出坑洞，朝著那一夥兵士奔過去。不料，沒等他搶上那邊的田畦，人便倒下，撐著手想站起，又重新倒下，就此再也沒有動彈。

從坑洞裡探頭看到這幅情景的平尾一等兵，繼續平心靜氣地捻他的棉線。他似乎千頭萬緒想了很多，又好像什麼也沒想；心情像是很平和，但也像非常凌亂。

突然，背後的砲兵部隊猛烈地開起砲來，能夠清楚看到敵壕如搗翻了蜂窩似地騷動起來。而以此作為信號，衝鋒命令下來了。

平尾腳底下裝了彈簧似地蹦跳上來，托起槍桿就搶先跑在前面。他看到已不年輕的北島中隊長閃動著長刀，跑在百把公尺右方的田畦上，裹在脖頸上的兔皮那抹白，飛快地在他眼膜裡留下了印象。敵方的戰壕看似不到兩尺寬，卻有四尺那麼深。身穿灰色棉軍服的中國軍，土撥鼠那般沿著這狹窄的壕溝竄逃而去。他躍入壕溝裡頹然側躺下來，急速地起伏著肩膀大喘著粗重的氣。（我還活著，我還活著！）他低聲呢喃著，忽然覺得福山好可憐。跟福山並不特別親近，如今，跳出彈坑去討火柴的那份閒情，倒是使平尾感到不勝悲哀。

他渾身泥土地爬出深溝，抱起陡然變得沉重無比的槍桿，回頭去找福山。福山嘴裡依然叼著那根香菸，躺在棉花田裡。他將槍桿拉在福山的腦袋一旁俯視著。幾令人眼前發黑的一股憤怒，重新衝了上來。

他環顧四周尋找著中國軍的屍首。小溝裡，以及墳塚背後挺著好幾具。平尾用槍托將屍體翻轉過來使之仰臉朝上，然後去翻他們的口袋。第四具屍身上找出火柴。他回到福山身邊盤腿坐下，給依然叼在嘴上的香菸點上火；他此刻的心情是說什麼也要替福山點上這根菸才稱心。

失去了吸菸力氣的屍體所叼的香菸，陰死陽活地悶燒著。平尾哽咽著聲音喊了聲「福山！」然後合掌膜拜。

部隊再三追擊著越移越遠。他起身瞭望著一望無際的棉花田那枯黃了的荒涼景色。戰塵一過，四周已然杳無人影。可以望見預備部隊正在從遙遠的後方行進過來，不定是衛生隊。

他抱起福山沉甸甸的身體，將他背了起來。接著用另一隻手拎起槍桿和背包，沿著田畦去追隨友軍。

天黑之前，西澤部隊掃蕩了殘敵，完全占領了整個支塘鎮。中隊的傷亡情況是戰死者八名、二十三個人受傷。當天夜裡就將戰死者隆重地加以火葬。兵士們為死去的袍澤挖了口大坑，將屍體面北排放下去。中隊長率先用剪刀分別剪下一小撮每具屍身耳朵上方的短髮，再由小隊長、分隊長依次剪下，用白紙包起來。接著，屍身上架起柴火，在中隊全體舉槍致敬的當兒，由北島中隊長將柴火點燃。隨軍僧片山玄澄依舊穿著卡其色軍服，站在火焰旁邊，響著念珠念經。

這天夜裡，為了防備敵人的突襲，每匹馬都備上了鞍子，兵士們則全副武裝的蒙著乾草在路旁湊合著睡下。

平尾一等兵同著十來名兵士盤腿坐在火旁，抽著菸，徹夜添柴火，等著燒完。四、五股火葬的烈焰紅通通地沖上無燈而漆黑一片的小鎮夜空，平白地使人感到一絲陰森森的鬼氣。

手肘撐在膝蓋上托腮望著火焰，望著望著，平尾敏銳的神經又開始淩亂起來了。這麼一來，他對自己實在擔心，那真是行將發瘋一般討厭的感覺；總覺得神經失去了統制，亂七八糟地崩散開去，腦筋也隨著被攪亂。他不得不拚命地去對抗這份狂亂，那真是無以言喻的一種痛苦而又不安的爭戰。

「今天這場戰壕戰，我還是咱們這個小隊當中第一個跳進去的呢！」他貿然地大聲嚷道。

他不管聽的是誰，與其說講給火焰四周的兵士們聽，倒不如說是衝著洞坑裡正在燃燒的那干陣亡者而言，他此刻的心情就是這麼樣的空虛。而他很明白，一旦停止這種大吹大擂，他自己先就會吃不消。

「敵人拚命投手榴彈……我穿過那些彈雨，跳進狹窄的壕溝裡……我把槍桿轉向抵抗過來的傢伙們鼻尖上……幹了呀，一個、兩個，子彈穿到第三個傢伙身上……最前面的那一個，鼻子旁邊噴著血倒下去啦……福山被他們幹掉了，喏，就是躺在坑裡的第四具屍體。他向我要了根香菸，我就給他了……有沒有火柴呀？沒有。這真是糟透了……我去借個火罷……他小子說得好輕鬆，說完就朝前跑，就在這個時候……我正在砲彈坑裡撕著棉花捻棉線；盡心盡力地用同樣的粗細捻成五寸長的線頭。我捻著線，把前前後後都看進了眼底……他小子嘴裡還叼著尚未點火的香菸哩，真他媽的混蛋。」

平尾忽地起身，走向遠離火葬烈焰的路邊的黑地裡去。滿天繁星幾乎使得整個夜空泛白。他又開腿一面小便，一面窸窸流下了眼淚。精神分裂一般地發作過去，情緒似乎逐漸緩和下來，他變得非常疲倦，於是在附近走來走去。

3

天亮點過名，用過早餐之後，沒有勤務的兵士們笑嘻嘻地走出夜營地。值勤以致無法離開的士兵問他們要去哪裡，他們就說準備去徵用青菜或者鮮肉。對於進軍快速、又朝著內陸深處進發的軍隊，軍糧畢竟無法補給到家，經費也龐大得驚人，大多數的前線部隊遂以當地徵用政策來養兵。在華北，為了戰後的宣撫工作，再細瑣的徵用也一一付帳，換上南方戰線，則除了自由徵用以外別無他法。值勤的伙伕們於是跑到菜園裡東爬西爬搜括來整車子的蔬菜，再給豬隻脖子上套上繩子，一路踢著屁股帶回來。

不久，徵用物資成了他們外出的藉口，接下去開始拿來當暗語使用。尤其是「徵用鮮肉」這句話，索性拿來當作尋找「姑娘」的暗語。他們很希望找到年輕女孩，哪怕看一下臉孔也好，背影也沒關係，甚或照片也可以，只要是能夠象徵年輕而貌美的女子的任何東西都好；即使是女用手帕或者一隻繡花鞋，他們也都寶一樣地帶回去炫耀。

然而，掃蕩過敵軍後進入的村落，絕少看到年輕人，留下來的淨是老年人和孩童。年輕女子要不是隨著軍隊一起撤退，便各自躲到哪個安全的地方去了。她們已經習慣於三番兩次的內亂，很明白在一個成了戰場的村落裡，年輕女子可能碰到的遭遇。因此，出外尋找「姑娘」的兵士固然很多，能夠碰上的卻是少而又少。

這天早晨也是這樣。兵士們三五成群地叼著香菸出外獵豔。被戰火燒爛了的支塘鎮上，街頭巷尾到處充斥著這一類閒蕩的兵士。

近藤一等兵眼尖地發現鎮郊一幢敗壞了的農家裡面有個妙齡女郎。

「喏，在裡面，在裡面。」他拐了拐同行的士兵。

女人從幽暗的屋子裡一動不動地凝望著他們的動靜。隔著老遠都能夠分辨出是個二十開外的女子。近藤他們一行四個人慢慢跨過狹小的菜園，大膽地站到農家的屋簷底下。

女人文風不動地站在小小的木板門裡邊。裡邊相當暗，是間狹窄的屋子。貼牆擱著犁和鋤頭之類的農具，土間堆放著一些貧寒的家具，洗臉盆裡裝著枯萎了的白菜和馬鈴薯。

「喂，姑——呢（娘）啊。」一名士兵笑嘻嘻地喊道。

女孩神色緊張，漲滿了恐懼的眸子顯得格外烏亮。她有副姣美的輪廓，衣著卻髒汙不堪，看起來灰頭土臉的。

「這妞兒好俊俏，就是太髒了。」另一個士兵不勝惋惜地說。

「我們進去看看罷。」近藤一等兵說著推開木板門。門似乎上了鎖，但等他帶著吆喝，再度用肩膀撞過去，那門便咔嚓一聲朝裡邊打開，原來門閂同著門鎖一塊兒裂開而脫落。

近藤慢慢跨進了一步。這時，女子陡的退後一步，舉起右手拿著的手槍扣下扳機。咔嚓一聲，子彈卡住了。

近藤弓起背，皮球也似地撲向她胸口，轉眼之間就把她制服在地上，一把搶過她手裡的那把手槍，站了起來。

「媽的！」他喘著氣悶聲說：「這妞兒不是等閒之輩。」

在隨著進來的三名士兵圍繞之下，女人側身倒在地上動也不動。唯有粗重的喘息之間波動的隆胸和纖腰一帶，那麼樣鮮明的映入那四個人的眼裡。

突然，他們感到一股狂暴的情欲，想要把這個頑抗的女子盡情糟蹋一番的那種野蠻的衝動洶湧上來了。

「把這妞兒的皮剝下來看看。」近藤說，但又因為羞於自己這句話被拿來當作情欲化的解釋，遂小聲的補上了一句：「不定是間諜，看看她身上有沒有帶什麼。」女人真是髒得可以，一雙手和沒穿襪子的腿，都因泥土和汙垢而變得黑糊糊的。士兵皺著眉頭伸手到她身上，嗤啦一聲撕裂了她的衣服。因汙垢而變成灰色的褻衣出現了，他們從她上衣口袋裡找出的荷包裡搜出了一張紙條，上面莫名所以地寫著一些速記般的符號。

「你看！是間諜沒錯。」近藤撫弄著從她手中搶過來的那把槍說：「她身上還有沒有什麼？」

其他士兵把她的褻衣也剝了下來。於是他們的眼前貿然出現了女子全裸的白色身體，它是那麼樣耀眼得幾令他們無法正視。豐滿的胸膛兩側，渾圓的乳房緊襯的高挺著。豐柔的腰線從微暗的土間泛白地浮凸上來。
近藤無來由地扣了一下扳機，子彈還是沒有射出。
「媽的，老子差點給幹掉哩。」
「這傢伙管保是間諜沒錯，農家娘們兒哪來的手槍。」伸手剝衣服的士兵說。
近藤一等兵將手槍交到左手上，拔出腰間的刺刀，好整以暇地跨到赤裸的女人身上。女人閉著眼睛。近藤俯視了好一會兒，而看著看著，一股狂暴的情感重又洶湧了上來。究竟是激憤？還是情欲？那是無從分辨，只覺丹田底下無端發起熱來的一股衝動。
他一聲不響的將右手上的刺刀使勁插進女人乳房底下。耀白的肉體蹦跳了一下。女人雙手抓住刺刀痛苦的呻吟著。猶如用來製作標本，被人用大頭針釘住的螳螂那樣，她輾轉痛苦，幾經掙扎之後終於不再動彈。烏紫的血水濡溼了站立一旁觀望的兵士靴子下的泥土。
這時，門外一陣雜亂的腳步聲，三、四名兵士從窗口探頭進來。
「你們幹了什麼來著？」說這話的是笠原伍長。

近藤一等兵擦去刺刀上的血跡，一面簡單說明了一下事情的經過，並把記有符號的紙條展示給他看。

「我認準了是間諜沒錯，所以剛剛把她宰了。」

笠原上上下下地打量了一下赤裸的女人，擤了擤鼻水，笑道：「嚇，好生可惜。」說著，口叼香菸，踩過菜畦回到路上去了。

將石頭排成圓圈，造了個馬蹄形的鍋灶，上面擔根鐵條，鐵條上吊了六個飯盒，六名兵士盤腿坐在鍋灶四周，等著午飯煮熟。無風的正午，民房牆角下面的太陽地暖烘得幾令人昏昏欲睡。部隊裡盛傳從上海攻下羅店鎮和嘉定的友軍，已於昨日占領了太倉城。距離這一圈不到十步遠的牆角拐彎處，塵土堆積如山，滿地都是紅赤赤的豬骨頭和豬腸子，還滾落著齜牙咧嘴的豬頭，這全是大夥兒大快朵頤的傑作。

近藤一等兵伸直兩腿，脖頸上承浴著暖和的陽光，正在把玩著方才搶來的手槍。由於從沒有玩過這玩意兒，他正在研究怎麼個使用法。這是老式的六發左輪手槍。

他取出卡住的子彈在掌心上滾來滾去，一面想著方才的那個女子。對於從醫科大學畢業、任職於研究室的他來說，切割女人的屍體是常有的經驗，但宰殺一個活生生的女人，卻還是生平頭一遭。

如今，也並不認為過分殘酷；既然是名間諜，那便是該當的處分，不管是槍殺還是一刀刺穿心臟都沒什麼兩樣。他能思想的是從生到死之間的轉變，居然能夠這麼樣地輕而易舉。這是從他上戰場以來時常思考的問題，而殺過女人之後，這種感受可更深切了。

醫學原本就是透過人體來研究生命現象的一門學術。他們醫科生確實以奉獻終生的決意拚命努力研究了過來。而他們的研究對象——人類的生命現象，卻又如此脆弱，這麼一點小小的努力便足以輕而易舉地使之消滅。在戰場上，生命所受到的輕蔑與不值，誠如草芥。

這到底是怎麼回事？近藤醫學士尋思著，無論敵我，生命受到蔑視這事也就相等於醫學這門學術遭受輕視；換句話說，他自己身為醫學者，卻領先侮蔑了醫學。

思想到了這裡，他陷入迷陣，腦子開始混亂起來。——且慢，這麼說，我自己的性命又如何？如果在這戰場上我這條命也受到了敵人的蔑視，那麼，附在這條命上的我的醫學究竟是什麼呢？不該更加受到輕視嗎？

怪不得打從上這戰場以來，他是從不曾受到醫學士的待遇，也從未將自己這方面的知識提供出來運用過。出征以來，他的知識始終在睡眠。不錯，戰場上是用不著任何知性的，他想。雖然不清楚這個想法是否明白地解決了他的問題，但置身這種境遇而耽於這類思索，似乎是件不合時宜的事情。他以這個打斷內心的疑團，掀開煮熟了的飯盒蓋子，微笑著對鄰兵說：「剛才我幹掉的姑娘可是個美人兒呢。唔……早曉得留下活口就好了……」

北島中隊長將椅子搬到權當隊部的民房土間，伸手到以中國鍋子燒炭火湊合而成的爐火上烤火，再度喝起了水壺裡的冷酒。聚在一起的還有古家中尉、倉田少尉和南部准尉。

「倉田少尉敢情狠狠奮戰過，衣服上沾的還真不少。」北島大尉似乎有幾分醉意，瞇起眼睛笑著指了指倉田少尉的軍服。

「是的，髒死了……」倉田少尉上上下下的打量著右臂和腰身一帶所沾的血跡，答道：「我讓勤務兵洗過，就是洗不掉。」

「斬了幾個？」

「搞不清。在戰壕裡亂七八糟的，只曉得見一個砍一個。」

他那張柔和俊秀的面孔在那副寬邊眼鏡底下紅撲撲地呈現著健康的氣色。他昂然挺挺胸，以謙虛而平靜的口氣說：「很久沒有幹得這麼舒坦了……既然上前線來打仗，不在火線上幹它一傢伙，心情總是鬱鬱沉沉的沒法子開朗。」

「嗯，嗯，一點兒不錯。」中隊長再度傾了傾水壺說：「這麼一來，趕明兒凱旋回家，要能撈個金鵄勳章「什麼的，那就可以討到好媳婦兒啦！」

「不，我沒打算活著回老家。」倉田少尉始終一本正經。

「是，是，當然囉，你要老想活著回家，才叫不對是吧？」

古家中尉從一旁插進嘴來，「可不是嘛？我那個村子有五個人得過金鵄勳章，他們的媳婦兒一個比一個漂亮！不管怎麼說，還是得撈個金鵄勳章才好。我說的是真的，倉田少尉。」

門開處，值勤兵雙手捧著深盤淺碟的進來了。

「飯做好了，是『老你』做的，所以不知道好不好吃……」

「哦，是『老你』做的？該不會在飯菜裡下毒罷？」

中隊長收起水壺，拿起了筷子，「支那料理啊？」

「是的，算是日支雜燴罷，沒什麼佐料，做不好。」

北島大尉先用小碟分了些湯汁，弓起背啜了啜。

「唔，值勤的，好吃得很哩。」

「真的？要是覺得合口味，另外還有呢。」

「嗯，『老你』還真有一手。我說古家中尉，沒想到這干支那人還能夠派上用場。」

「啊。」古家中尉回答得很含糊。

被半強迫著徵來的七、八名軍伕，在伙房奮拉著下嘴唇賣力的工作。三名值勤兵指手畫腳地指揮他們，他們就沉默而順從地照著做，那股子忠實勁兒，連兵士們都止

1 金鵄為傳說中神武天皇東征時落在弓端上的金鳶。金鵄勳章則是舊時授給功勳卓越的陸海軍人的勳章。

不住感到納悶。這麼一來，兵士們內心油然興起一絲歉疚，忍不住想就著大量的屠殺了「老你」的同胞這事加以解釋，便碰了碰他們的肩膀，賞給他們一根香菸。

「謝謝，謝謝！」

軍伕們猶如撈到飼料的群雞那樣，純真地歡喜著抽起香菸。

（日支友好其實是件簡單的事。）兵士們心想。事實上，在這種非常情況之下，一個人對一個人的私人友好確是極其簡單，彼此同樣的置身於生命有危險的情況底下，而且這種危險又非出乎個人意志，而是來自國家的因素，正因為這樣，一經撤除彼此之間的那道藩籬，做進一步的接近，遂成為同病相憐的病患。士兵和「你」們，都懷抱著渴望溫情的寂寞之情。

這天夜裡，倉田少尉再度打開記事冊執起了鉛筆，卻又閉上眼睛靜靜審視著自己內心的情感波動。激戰乍乍結束之後，心靈上有一份安寧，或許應該稱之為出神。而這份出神當中也包含著對於國人的誇傲之情。

然而，那場戰事結束之後又過了幾十個小時。隨著激戰的急喘平息下來，他又開始感到新的不安了。這種不安到底是什麼？從華北轉戰到此地的途中，貨車車廂裡所感到的不安、白茆江敵前登陸之前的那種不安，歸根究柢，那些不安會不會就是對自己還活著這事所感到的不安？

據說部隊將於一、兩天內轉赴下一場戰鬥。他所期盼的便是這個。好想趕快打仗、真希望經常有仗打；當兵的置身戰場本來就該打仗，而不應該一個勁兒的自我反省才對。

等到受不住這份錯綜複雜的情感，為了不再讓自己在這種思維的死胡同裡兜圈子，倉田少尉於是張開眼睛，拿起鉛筆，極其簡單地記下了這一天的日記。——十一月十五日，逗留支塘鎮。第三大隊向西邊白茆新市展開攻擊。本鎮歸於平靜。

4

十一月十七日早晨，北島中隊自支塘鎮開始進發，當天夜裡於友軍占領的白茆新市停留了一宿。上溯揚子江之際，兵士們只分配到三天份的攜帶口糧，而輜重大行李卻還沒有登陸。因此，在所到的地方，兵士們首先就得搜尋大米、肉類和蔬菜。

中國人似乎收割稻子之後並不忙著碾成白米，而直接將穀子貯藏起來，家家戶戶都有成袋的稻穀。兵士們不得不找出石臼碾了煮食。不過，此地的米要比華北的好吃得多、優良得多。

第二天，這個部隊重新展開行軍向第一線開拔。到常熟去！常熟雖然只有五千人口，卻具有城市的規模，是米、棉花和生絲的集散地，也是一個四周圍繞著沃野的富裕城鎮。而失去了上海的中國軍所賴以防衛首都的第二線，便是從南方的嘉興而蘇州而常熟的將此城鎮連接起來的南北數十里的這條防衛線。崑山已為友軍所占領，他們且一路追擊潰走的敵人抵達了唯亭鎮、陽城湖。蘇州陷落已是一、兩天的問題。而南方嘉興也正在遭受友軍的包圍和攻擊。到常熟去！到常熟去！西澤聯隊加快了行軍的速度，沿著一望無際的水田和棉花田，筆直地向前挺進。

次日，也就是十一月十九日，在古里村村落附近，他們從側面向崑山那邊敗走下來的敵人的一支大部隊撞擊過去。失去鬥志的敵軍經過三個小時的抵抗之後，終於放棄這個村落，往常熟撤退而去。西澤部隊徹底掃蕩古里村，並且在這兒布下了夜營營地。

這天晚上，中橋通譯與片山隨軍僧和通信的兵士們一起圍著火堆一面煮飯一面說：「我們這位聯隊長大爺真拿他沒辦法，沒事人似地朝著槍林彈雨裡奔，你沒看那股子危險勁兒，子彈就在頭頂上『咻！咻！咻！』竄來竄去。槍子兒打到眼前來低都不低一下頭，就只有咱們聯隊長和副官兩個人哩。我跟他們在一起，告訴他這樣太危險，聯隊長反倒對我說：『你快別過來，趕緊蹲下去。』說著，還大剌剌地走在最高的那道堤防上。那怎麼行？」

「那股子大膽勁兒還真學不來。」隨軍僧啞聲破鑼地附和道：「不過，聯隊長也瘦多了，不說輕了三、四公斤不是？」

「瘦的是副官。」負責通信的上等兵說：「登陸大沽的時候胖墩墩的，好魁偉的體格，如今臉上都打了皺啦，何止三、四公斤。」

另一個士兵於是說：「馬匹正高興得緊哩，說背上的負擔輕多了嘛。」

「片山兄今天不也開了殺戒嗎？」通譯說。

「幹了，我還不是一樣。」

「幹掉幾個？」

「沒有數，敢情有五、六個罷。」隨軍僧若無其事的說。

剛才——也不過三小時之前的事情。片山玄澄同著村落裡掃蕩殘敵的部隊一起進入古里村。他左手手脖兒上纏著念珠，右手拿的是工兵用的鐵鍬。

他扯開破鑼嗓子大喊大叫，與兵士們一起滿街跑著，追殺在大巷小巷之間竄逃的敵兵。敵兵也不諳這個城鎮的地理。中國市街到處都是小巷和死胡同。一追上死胡同，敵兵就棄甲奔入民房，飛快地脫掉制服，穿上居民的便服，無奈他們無暇處理掉脫下的制服。

「他媽的！」隨軍僧粗聲叫嚷著，揮起鐵鍬就橫掃過去。怪的是鐵鍬上並不帶刀刃，卻咔嚓一聲嵌進半個腦袋裡，被砍的那一個立時鮮血直噴應聲倒下。

「他媽的！……他媽的！」

念珠在一個接一個打殺下去的隨軍僧手脖兒上發出乾燥的聲響。他用軍服袖子橫著抹一把從額頭流到下巴鬍上的汗水，枴杖般地拄著依然在滴著血水的鐵鍬，一步一步地走出巷子。

有十幾家民房起火燃燒，大股黑煙直沖城鎮上空，那是兵士們對躲在屋子裡負嵎頑抗的敵軍施以火攻所招致的結果。

此刻，烤著火做著飯，想起方才那場殺戮，玄澄的良心也絲毫不覺刺痛，毋寧說心情上很是爽快。每一個部隊都附帶有隨軍僧，但任何部隊都找不出一個像他這般勇於殺敵的僧人。

他打起仗來那股子勇猛勁兒，連通譯都禁不住笑道：「片山兄歸國返鄉以後，國家得頒給你一枚金鵄勳章才行。」他且從不攜帶手槍或刺刀，總是順手抓起身邊的東西當武器。他在華北戰線所下手殺掉的人數絕不下二十個人。

在華北的時候，西澤聯隊長曾經問他：「聽說隨軍僧滿能夠勇敢殺敵？」

「啊，是的。」片山像一名士兵般姿勢嚴正地回答。

「唔。為不為敵方的陣亡者超渡？」

「不。有些隨軍僧也為敵方的陣亡者超渡亡魂，我可不這麼做。」

「活著的敵人敢情要殺，可陣亡了的，幫他們超渡超渡又何妨？」

「啊，可我就是沒辦法這麼做；一想到殺友之仇，我還是覺得可恨。」

副官是個溫厚的軍人，聽到隨軍僧這麼說，於是面帶笑容地表示也許這就是人之常情。

「敢情是人之常情。」西澤大佐點點頭說道：「可這麼一來，閣下的宗教信仰呢？」

玄澄為難地沉默了一陣，然後抬起頭用粗啞的聲音回答：「泡湯啦。」

聯隊長和副官都笑了。聯隊長想必落腮鬍癢得緊，一勁兒抓著，自言自語地說：「這樣啊？原來並沒有超越國界的宗教信仰。」

他這句話毋寧帶點憮然的味道。大佐是對宗教乃至宗教家這種東西感到失望。身為這場大殺戮的一名指揮官，他也許私心裡懷抱著道德性的苦悶，但在目前這種情況下，那是絕不可能出現在意識表面來左右他作為指揮官的行動的。戰爭乃是國家的事業，這樁事業當前，一個人精神上的滿足與否根本就不該成為問題。不用說他當然明白這一點。他西澤大佐是視部下如己出，也不是不懂得同樣去愛敵人的一名軍人；他具有能夠下令將數千俘虜悉數處死的決斷，但心靈上同時也有著那麼一抹悲哀的空虛。他認為能夠彌補這份空虛的該是宗教。此刻，身為指揮官，他欠缺追悼敵方陣亡者的餘裕與自由，但他認為隨軍僧應該可以代替他做這些。沒想到這名隨軍僧可以為自己的袍澤超渡，卻不肯為敵方的陣亡者合掌膜拜，當他聽到這個事實的時候，不免感到暗淡的失望。這就像是一個出乎本能愛好和平的人，在失去和平這個戰場所感到的寂寞當中所懷抱的和平夢，終於無情地崩潰而去。西澤大佐期望的是能有強有力而又大到足以跨越國界的一種宗教的存在。

至於隨軍僧本身，當他在自己的寺廟裡和平地從事修行的時候，相信這個宗教是超越國度的；於印度、於中國、於日本，同樣的宗教同樣被眾多的人信仰，這便是很好的證明。這實在是一種非常簡單的信仰方式。而在他志願從軍離開寺廟之際，也有意思為中國軍的陣亡者超渡亡魂，然而，一到了戰場，他就失去了這個意願。

戰場這種地方似乎具有某種神奇而強有力的作用，能夠在不知不覺間將所有的戰鬥人員塑造成同一種性格，使他們只曉得做同等程度的事情，做同樣的要求。正如醫學士近藤一等兵喪失了他的知性那樣，片山玄澄也失去了他的宗教。留在他身上的宗教家僅有的痕跡，便是懂得經文和熟稔葬禮的儀式，如是而已。他是脫掉僧袍穿上軍服的同時，也失去僧心而被兵心所同化。

然而，這並不能完全歸咎於片山隨軍僧。和平時期他的宗教具有跨越國界那份開闊，而到了戰時就不能如此，其原因與其說宗教變得軟弱無力，倒不如說是國界變得高遠而難以跨越。

次晨，出發之前發生了一樁事故。

鎮郊有好幾座敵軍的碉堡。部隊加以掃蕩乾淨之後，昨夜裡派了崗哨。到了早晨，北島中隊的一名士兵想趁著行軍之前藉碉堡的坑洞行個方便，於是一隻手拿著草紙勾頭探望坑裡。冷不防黑地裡有人用手槍將他射倒，就那樣給拖進坑洞裡去了。

接獲這項報告之後，笠原伍長止不住張大了嘴，這是他激憤得無以形容之時的表情。

「行，給我把機槍拿來！」他吼叫一聲，握起佩刀就跑。

那碉堡就在菜地裡一個跨步那麼寬的河岸上圓圓地鼓突出來。附近散落著五、六具中國兵的屍體。當中有些想必夜裡被飢餓的野狗啃過，臀肉去掉了一半，露出了大腿骨。兩名中國兵架著槍趴在菜地裡。

笠原伍長奔到這裡停了下來。他媽的！還真無從下手呢。摟著輕機槍的四、五名兵士在他背後趴了下來，無奈從這兒掃射過去也不見得打得到。

「喂，」笠原掉過頭去吩咐部下，「回去拿三、四個催淚彈來，快點！」

兩名士兵向後踢起菜園的泥土彎腰跑了回去。在他們回到這裡之前，笠原一再咬牙切齒地低吼：「他媽的！他媽的！」

不久，催淚彈給丟進碉堡的坑洞裡。大股濃煙從兩邊的洞口冒了出來。笠原推開兵士，一把抱住輕機槍的槍托，緊貼著菜畦的泥土側躺下來。

不一會兒，身穿髒腫灰衣的一名中國正規軍從濃煙裡跳出來，兩手抱著頭沒命飛奔，他已經無所謂方位不方位，只曉得筆直地飛奔。噠噠噠噠噠噠……笠原手裡的機槍發出震撼大地的巨響。

接著同樣跳出來兩個人。

「一條！」笠原吼道。

「兩條、三條！」

機槍再度帶著震耳的巨響噴出菱形的火焰。——他終於數到第十一條，然後起身走了過去。

來到洞口，他拔出佩刀，從仍在渦漾的煙霧底下拱進洞裡。三名兵士跟隨而入。不多會兒，笠原出來了，背後，兵士們抱著戰友的死屍跟了出來。那具屍身被十一名敵軍剁砍得體無完膚。屍身給輕輕橫放到菜髗上。

「立正！」笠原吼道。兵士們於是在各自所站的地方併攏了雙腳。

「敬禮！」

笠原的這一聲哽在喉嚨裡發啞。他將佩刀擎到面前再撇向右下方。他的眼眶漾滿了淚水。沒帶步槍的兵士們就撐開手肘行了個舉手禮，久久不肯放下。

「大家一起抱回去吧。」

伍長這樣命令過部下之後，抽抽鼻水走了，對著趕巧挺在腳邊的第八條中國兵的下巴一帶狠狠踢了下去。

在笠原伍長來說，殺一名敵兵跟殺死一條鯽魚沒什麼兩樣。他殺戮起來可以絲毫不動感情。能夠撼動他情感的，乃是對袍澤那種幾近本能的情分。他可真是個優秀的兵士、不折不扣的兵士本身。他雖缺乏西澤大佐那種崇高的軍人精神，但也沒有平尾一等兵那種動不動就錯亂的浪漫情懷，和近藤一等兵迷惘的知性，更不會像倉田少尉那樣的讓纖細的感情去影響自己的行動。無論從事多劇烈的激戰乃至多慘烈的殺戮，他都穩穩當當地保持著心靈的安定。總而言之，他原就缺乏戰場上壓根兒派不上用場的敏銳感性與用來自我批判的知性上的教養。而像他這麼勇敢、這麼忠實的兵士，才正是軍方所要求的人物。至於平尾一等兵和近藤一等兵他們，在漫長的戰場生活之間，也逐漸磨練成笠原這種性格，而且不能不變成這樣。可以說笠原伍長是從軍上戰場之前便已是個很適合戰爭的青年。

但他的缺點是如果沒有長官的指示，需要採取自由行動的時候，極有可能會胡搞亂來地闖出大禍來，他的勇敢一旦掀開底子，可以在轉眼之間化為粗暴和野蠻，這正是他的缺點。而倉田少尉那種勇敢，掀開底子毋寧會露出感傷式的溫和；同樣是勇敢，本質上卻有著相當的差異。

而跟這兩個人相較，平尾一等兵的勇敢又有點不一樣。他的勇敢帶有幾分自暴自棄與嗜虐的色彩，勉強可以說是近乎發狂的一種勇敢，掀開底子敞露出來的，是他那份浪漫情懷崩潰之際，所發出來的狂暴哀鳴。而只要長久的戰場生活持續下去，則他這個狂暴的哀鳴勢必得往某個方面找出妥協點，以尋求心情上的安定才行。

5

從古里村向常熟開拔的街道上，西澤聯隊碰上了自崑山一路追擊敵軍而來的友軍的前線部隊。就這樣，常熟包圍戰繼續進行著。

友軍的大部隊沿著常熟北方的據點往西走，占領了虞山。從南邊進逼過來的部隊，則橫越崑承湖登上了莫城鎮。西澤聯隊於是擔起了正面攻擊的任務。

天下著雨，是夾帶著冷雪的大雨。這麼一來，與昨日的暖和相反的，氣候陡然之間變得非常寒冷。常熟市街灰濛濛的飄浮在城牆那一頭，看起來不像個有人居住的城鎮。

午後開始展開了激戰。下雨加上天寒，戰事就成為缺乏悠閒的一種悲慘災難。兵士們渾身泥漿，默默奔跑、默默射擊。

敵軍的戰壕一線又一線地挖有三、四道那麼多。攻下最前面的一道，發現壕裡河渠一般地積滿了泥水。兵士們浸泡在沒腳的泥水當中，還得承受爆炸個不停的手榴彈和迫擊砲的攻擊。這真是一場焦躁無奈的戰爭。兵士和軍官都巴不得早一點衝鋒陷陣，早一點給這場仗做個段落。糟的是士氣並不高昂，只有憂鬱的痛苦沉重的籠罩著整個戰場。砲聲和輕機槍聲都失去了輕快，徒然在落自高空的長長雨勢底下持續著悶重的響聲。

碰到這種戰況，首先冒火的便是北島中隊長。這個喜好杯中物的大尉，一再地拭去從面頰流到鼻子底下的雨水，嘴裡不住地嘀咕著：「哎，真他媽的沒轍兒，哎，真他媽的沒轍兒。」每個人都知道如果像這樣悶聲不響地你來我往下去的話，這場仗將永遠沒完沒了，而如若沒有個結果，兵士們就得站在這積水的戰壕裡泡上一夜；這對他們而言有多痛苦，甚至會削弱明日的戰鬥力，這一點是用不著思考便可以知道的事。

「衝鋒吧。」他喃喃自語著，「只有衝鋒才有辦法。」

他低下頭打量了一陣所有部下的情況。兵力似乎沒什麼減損。

他毅然決定衝鋒。手榴彈不停在眼前爆炸。距離敵壕約莫有八十公尺模樣。好吧，就這麼著了！他叫嚷著，雙手撐在泥巴上爬出戰壕，揮起長刀發出衝鋒令，領先奔跑了起來。

然而，這場衝鋒卻是全然歸於失敗。照理，衝鋒陷陣應該乘著兵士意氣高昂、息息相合的當兒，中隊長率先朝前衝的同時，全線士兵一字排開，猶如用一面大網一路罩過去那般衝入敵陣才好。但此刻，兵士們固然滿心巴望著早一刻前進、早一刻結束戰事，無奈整個戰線被一股沉悶的憂鬱所籠罩，全中隊的呼吸凌亂而渙散。中隊長大聲喊叫著第一個衝出，他旁邊的兵士們也毫不落後地大嚷著跟隨上去，但左右兩翼則逐漸落後，整個衝鋒陣線遂成了以北島大尉為頂點的鈍角隊形。敵軍的機槍自然而然集中著向中隊長掃射過來。

北島大尉領頭打衝鋒的雄姿是那麼樣的英勇。他脖頸上纏了條雪白的兔皮，左手握槍，右手高舉指揮刀，向後高高的揚掀著外套的衣襬，大步大步地向前飛奔。那真是足以懾制敵陣的一副悽絕壯烈的英姿。而在他跳越並排在一起的三座小墳塚的時候，終於挺伸著身子栽入田裡，再也不曾爬起來。

全中隊排山倒海衝入敵陣，攻下了這道戰壕。然而，置身中央與中隊長一起衝鋒的兵士們則大都非亡即傷。古家中尉立即接下了中隊指揮官的棒子。

攻下戰壕之後，倉田少尉率領著兩名士兵折回頭去收容中隊長的遺體。

他看見一名士兵駕著槍筒，緊貼著大尉的遺體趴在泥巴裡，那名士兵看到倉田少尉走近，於是起立，舉槍毅然高呼道：「報告長官，中隊長陣亡啦！」

少尉沒有答腔，自管單膝跪坐北島大尉身旁，將俯臥著的大尉碩大的身體翻轉過來擔到自己的膝蓋上。看樣子是頸子、胸部和腹部中了五、六發機槍子彈。脖子上那條雪白的兔皮，已然被血和泥汙染成黏黏的一團。落個不停的雪雨沖洗著大尉面頰上的泥土，那是滿臉落腮鬍的一張寬大蒼老面孔。少尉用自己的外套袖子仔細擦去大尉嘴唇上的泥巴。這當兒，兩名士兵就找來這一帶農夫用來掛稻草的竹子，再從背包裡取出攜帶帳篷，湊合著做了副應急用的擔架。

第一線上再度掀起衝鋒的叫喊。是古家中尉展開了追擊行動。倉田小隊的指揮任務應該由部下的一名軍曹執行。少尉抬頭遙望了一下第一線上的衝鋒，再四下裡看看泥田裡或倒臥、或受傷而呻吟不已的戰友們。友軍所發出的砲彈從頭頂上呼嘯而過。可以看到正在從後方挺進前來的支援部隊，馬匹與砲車在雨中顯得灰濛濛一片。

「你倆將中隊長送往後方去。」少尉說。

兩名士兵合抱起北島大尉，將他橫放到擔架上。少尉則執起大尉手裡的軍刀，擦了擦收入他的刀鞘裡，再撿起泥漿裡的手槍，為他納入槍套中。少尉忽然想著，中隊長那只水壺裡該還剩的有酒罷。少尉這才感到自己的眼眶溼潤了起來。

兩名士兵抬起中隊長的遺體走了。

「到了後方，要衛生兵快點趕過來，負傷的人好多。」

少尉又吩咐另一名士兵留在這裡看護傷者。他對著逐漸遠去的中隊長遺體立正，行了個舉手禮之後，便蹦濺著田畦的泥漿朝著第一線飛奔而去。

這天夜裡，友軍衝破三面城門，向城裡蜂擁而入。豎立城門上的太陽旗被雨淋溼了，巴噠巴噠作響。第二天早晨天還未大亮便大舉掃蕩，到得正午時分，算是暫且完成了占領工作。

兵士們到處燃起火堆烘衣服，並且在火堆四周橫七豎八地躺下來睡覺。

經過一番休息之後，活下來的全體官兵整隊向北島大尉的遺體做最後的訣別。古家中尉給木柴點上火，然後親自用竹子與樹枝湊合起來的筷子撿起遺骨，納入白木匣子裡，再裹以白色棉布包袱皮，掛到脖頸上。兵士們也照樣將親朋好友的靈骨掛在自己的胸前。入夜，在權充營房的民房土間，他們將這些靈骨排列到最高的櫥架上。有的還找來菜籽油點上一盞明燈，沒能弄到油的，就在靈前點燃一根香菸以代替線香。

倉田少尉將昨夜沒能記成的日記，於這天夜裡同著今天的一起記了下來。

——十一月二十日、二十一日，雨。二十日正午起展開常熟總攻擊，直到二十一日中午長達二十四小時的激戰。中隊長陣亡，哀痛之至。

然而，此刻他正感覺到精神上的某種轉機。那種焦躁的不安早已平靜，想要求死的那種心靈上的錯亂似也安定下來了。可以說以往他那種心神不定的不安與焦躁，乃至他那份勇敢，掀開底牌，無非是生命面臨危機時所感受到的一種本能性的恐懼。然而，自從親眼目睹中隊長陣亡以後，那份恐懼已然成為一種異乎尋常的東西。那是某種實感的飛躍，也是陷落。或許也可以說是本能地想避免自我崩潰所做的一種對應性的感性磨鈍。這麼一來，他心情上感到輕鬆，且開始從這種生活裡發現亮光。如若追根究柢起來，這份開朗深處似乎包藏著某種黑暗的什麼，但目前的他，絕不希望讓自己去追根究柢。於是他開始感覺到心靈上的開闊，那是一種自由感，也是缺乏道德的感覺；那簡直可以說是不懂得反省的一種殘虐性的醒覺。他開始培養起足以參加任何慘無人道的殺戮性格，也就是說他開始向笠原伍長靠攏。

這天夜裡，伍長和倉田少尉同在一間營房裡圍著火堆，孩童般地抽吸著鼻水。肉墩墩的圓臉、面頰、嘴唇和鼻頭都紅如頑童。他將一雙赤腳放肆地伸到火堆上，粗野地說：「媽的！腳皮都泡起來了，簡直就是到戰壕裡撈鯽魚去的。」他左手粗大的小拇指上戴了枚銀戒指。

倉田少尉看到了，問道：「伍長，你那是什麼？」

「啊？您說的是這個呀？喏，就是這玩意兒。」他嘻皮笑臉地說著，一把抓起鄰兵那隻手說：「這傢伙也有哩。」

「哪兒來的？」

「報告少尉，是『估拿』（姑娘）送的。」

兵士們哇啦哇啦笑將起來。

「拿手槍跟子彈去跟人家換來的罷？是不是，笠原？」

「可不是嗎？」笠原答道：「我本來不要，她硬要給我，是她求著我收下的。有什麼辦法？」

中國婦女似乎習慣於用白銀打造婚戒，每個女人都戴著銀戒指。有的還雕上細緻的圖樣，也有刻上名字的。

「我也想弄一枚來做紀念。」少尉笑著說。

笠原於是更加起勁地嚷道：「那得小隊長親自去要才行。到了無錫，趁早找個『估拿』。常熟這地方已經來不及啦，影子都不見一個，統統不曉得到哪兒去了。哈哈哈。」

自南線進入常熟的友軍部隊，向西追擊潰走的敵軍，西澤聯隊遂以其後援部隊行軍而去。步兵、裝載著大砲的馬、戰車、軍用汽車、通信部隊、聯隊旗以及輜重小行李，綿綿延延地走在雨中的泥濘路上，構成長達半里的行軍隊伍。其中夾雜著從支塘鎮一路帶了來的三十名中國伕子，以及十五頭水牛和五十匹中國馬與驢子。

關於訓練軍馬，軍官們得到了新的認知；他們這才曉得日本的軍馬有多嬌弱。在兵營裡，牠們按照規則加以正規的訓練，並定時餵飼，這種生活如果一直持續下去，日本的軍馬確實相當優秀。然而，一旦置身激烈的實戰當中，餵飼的時間變得不規則，加上無暇休息，這些軍馬頓時有如塌了秧那般的不管用。

相反的，中國馬由於平日裡並不那麼嬌生慣養，到了戰場上也就很能派上用場。兵士們只要一發現這些中國馬，立即徵用來加入行軍的行列。這些牲口個頭矮小，腳上長著茸茸的長毛，有副矮胖魯鈍的模樣，卻不知給了兵士們多大的幫助。而對於敵國的馬匹，他們似乎同樣沒辦法產生情誼；他們百般虐待這些中國馬，一旦力竭倒下，就棄之不顧。被撂下來的馬匹遂於夜裡遭受野狗的襲擊，被吃去五臟六腑和臀肉。

放棄了蘇州和常熟的敵軍，統統西走，退至無錫堅守陣地。人口二十萬的這個城市，乃是農產品與生繭的集散地、是大運河與京滬鐵路的交通要道，也是南京攻略戰中頂頂重要的防禦據點。二十日這天，海軍航空隊掠過友軍頭頂，給予無錫的敵軍陣地一番慘烈的轟炸。

地面部隊則於二十一日展開攻擊。自蘇州一路追擊而來的友軍，從望亭沿著京滬鐵路長驅直下，自常熟挺進的西澤聯隊和其他部隊，則越過戰壕地帶逼向東線。敵軍以混凝土碉堡與掩蔽壕固守陣地。

古家中隊於午後展開戰鬥，在依舊以步槍和機槍與敵軍相對峙的情況下迎接黃昏的來臨。敵軍的防守很是堅固，始終無法達成可以衝鋒陷陣的態勢。而隨著天黑，雙方的槍彈越來越疏落，戰況形成一個段落的態勢。

收割之後寸草不生的菜地坦蕩蕩地展布著，其間星星散散的點綴著屋頂低矮的民房。家家戶戶背後都有道溝渠，河渠的水一直流入溝渠。隨著天黑，溝水閃亮成鉛灰色，岸邊的枯草上白花花的漂浮著早晨以來的一層薄冰。稍遠一點的地方，無錫低矮的城牆黝黑，連在一起，那上面的天空蒼藍如廣重的版畫[2]。回過頭去望望剛才跋涉過來的戰場，只見正在走動著從事傷兵急救工作的衛生兵，變成一幅水墨畫浮現於菜地上頭，同時依稀可以分辨出來回尋找陣亡者時，佇立當場合掌為死者祈求冥福的片山隨軍僧那矮胖的影子。

倉田少尉、平尾、近藤一等兵與機槍分隊的笠原伍長幾個人，鋼盔並著鋼盔抽著菸，戰壕一旁，有個矮小農家。屋頂已經被砲彈打穿，門扉倒向土間，背後的菜園給踐踏得亂七八糟，暮色在這一帶地方彷彿顯得分外深濃。從這間屋子裡傳出女人的哭聲；在槍聲止息之後的此刻，那哭聲陡然灌進兵士們的耳朵裡。

「你聽，女人在哭哩。」喜好女色的笠原伍長嚷了起來：「是『估拿』（姑娘）哪！」

「怎麼會待在這種地方呢？」倉田少尉用平靜的聲音喃喃自語道。

平尾一等兵在隔了段距離的地方聽著這番對話，忽然說：「喏，我去查查看，到底是怎麼回事兒。」說著便跳出戰壕，連走帶跑地趕向民房那邊。

「危險哪，小心一點。」倉田少尉回過頭去提醒他。

「我也一塊兒去看看。」笠原伍長說著奔出戰壕，笑嘻嘻地朝下看。

兵士們目不轉睛地望著那兩個人從倒塌的前門肆無忌憚地進入土間，消失到黑地

2 廣重即安藤廣重，號立齋，為日本江戶時代後期之浮世繪畫師，作畫多元化，尤其擅長花鳥、風景。在整個日本畫壇擁有崇高地位。

裡去了。接著哭聲戛然而止。等候在壕裡的兵士們焦躁了起來；他們已經不知有多久沒有接觸年輕女子，人在戰場偏又莫名其妙地滿腦子女人。

不多久，笠原和平尾從剛才那扇前門慢慢出來了。他們跳進原來的戰壕，平尾就說：「做娘的中了彈沒轍兒。十七、八歲的『估拿』哩，可憐見的。」

「好不好，那女孩？」一名士兵問道。

「啊，是個好女孩。」不知為什麼，平尾用忿然的口氣回答。

敵軍的步槍彈偶爾有如突然想起來一般飛嘯而來。子彈帶著尖銳而輕微的響聲插入附近的泥田裡，聲音之輕微反而象徵著子彈冷酷的殺傷力，使人倍覺可怖。

兵士們臉貼著槍托打瞌睡，要不然就慢慢地嚼食飯盒裡變硬了的飯。他們首先將飯含進嘴裡，等到解凍之後再開始咀嚼。隨著夜深，敵軍與之所至所做的射擊也完全停止了，我方也是一片靜寂。他們的頭頂上，晴朗無比的大穹蒼，如半個球狀展布在那裡，一無遮掩的澄淨。天上的繁星似乎要比日本的多上好幾倍。他們找到了熟悉的北斗星和獵戶座。星辰總是奇怪地令人想起故鄉；可以看到這些星星的這個地方居然是中國，簡直令人難以相信是真實的。淡淡的感傷使得戰壕裡比先前更加安靜。

這個時候，突然激烈地灌進兵士們耳朵裡來的是剛才那位姑娘的哭聲。

「還在哭。」平尾一等兵小聲呢喃道。

他想起了剛才所看到的那個女子。是個貧困的農家。做母親的看似還不怎麼年老，微暗中一動不動的手腳白得耀眼。那女兒一身棉襖棉褲，將母親的頭摟進懷裡，臉貼著老人家的頭髮哭泣著。她們的哭聲不像日本女人那樣笨拙而缺乏變化，母女倆好似那麼樣坦率而又複雜地表現著她們內心的哀傷。

隨著夜深，這女子的哭聲益加悲切的震顫著靜寂的戰場這片黑暗。剛以為就要嚎啕大哭，卻又忍氣吞聲的嗚咽飲泣，時而拉長調子，猶如獸類，說不上低吼，也談不上吠嚎的長嗥，時而又變成近乎慘呼的叫喊。

正凝神諦聽的兵士們誰也不作聲，但人人都被一股錐心透骨的悲哀所打動，甚且變得幾乎要透不過氣來。他們油然興起一絲深切的同情，進而越過同情，變得焦躁起來。

倉田少尉將鋼盔的絆帶兜緊到面頰都鼓脹起來的程度，然後背靠著壕壁蹲坐下來，從口袋裡掏出了日記本。他藉著手電筒的燈光翻開了頁碼，無奈那女子的悲嚎老纏繞在耳邊，使他心情煩躁不堪，無法下筆。他關掉手電筒，閉上眼睛豎耳諦聽。他覺得有個什麼在他腦芯裡狠狠攪動個不停……冷不防他聽見了另一種聲音，「媽的，煩死了！」

回過頭去，黑地裡平尾一等兵弓著背跳到壕上的剪影，襯著龐大的星空出現在視野裡。

「上哪兒去？」近藤一等兵從戰壕裡問道。

「我去宰了她！」

平尾一等兵說著抱起刺刀哈著腰跑了起來。五、六名兵士重重地踩響著壕邊跟了上去。

他們闖進黑漆漆的屋子裡去。從被砲彈所打穿的窗口射入的星光底下，正在抽泣的女子，依然像黃昏時那樣蹲在角落裡。平尾一把抓住她的後領拖了起來。女孩說什麼也不肯放下抱在懷裡的母親那具屍首。一名士兵反扳她的手，強迫她放棄母親的屍體，然後下半截身子著地的拖過地板，將女孩拖到了門外。

「欸！欸！欸！」

平尾瘋狂高嚷著，用刺刀衝著女孩的胸脯一帶接連刺下去三刀。其他兵士也以刺刀不分頭腹地刺了下去。女孩幾乎活不到十秒鐘，就像一床扁平的棉被那般倒在黑暗的泥土上，一股刺鼻子的血腥味兒，向因著亢奮而脹紅了的兵士們臉上暖烘烘地噴湧過來。

倉田少尉在戰壕裡伸直著身子，從黑暗中傳來的動靜，他猜到了十之八九，但他沒說什麼。待興奮不已的兵士們一路吐著口水回到戰壕裡來時，笠原伍長盤腿坐在坑底，一邊抽菸，一邊笑著說：「你們這真是暴殄天物啊！」

這句話不知給倉田少尉內心的痛苦帶來多大的解脫。他咬緊嘴唇告訴自己：行！並靜靜注視著戰壕裡，香菸朦朧火光中的笠原伍長。以倉田少尉的神經，是說什麼也無法忍受這種屠殺的。以「關乎士氣」這個理由，他是可以清楚地肯定平尾一等兵這種行為是正當的理論，也是萬不得已的事。然而跟這個理論無關的，他的神經卻因遭受碎屍萬段的痛苦而輾轉呻吟著。而使他這份痛苦獲得解脫的，竟是笠原伍長大膽而厚顏得無以復加的一句話：你們這真是暴殄天物啊……

倉田少尉打心底裡認為笠原伍長這副粗獷的神經真是太好了。他好生羨慕。於是飽吸一口冰冷的夜氣，挺起胸膛，再度告訴自己．行！而他眼前的戰場，確實彷彿增加了幾分光明度。

內心找不到亮光的是平尾一等兵。完成屠殺回到壕裡，他止不住頹然地盤腿坐下。

「這下子總算安靜了。」他小聲呢喃道。

的確，在聽著那哭聲的時候，他的感情真是陷入泥淖無以自拔。他很明白戰爭這種東西的國家性意義，那是不容批判的，只是不由他不清清楚楚地思想到戰爭在個人意義上的那份慘痛。他的浪漫情懷到這步田地仍在他心底裡悶燒著。而他的感性也比誰都明白殺掉那女子不僅不能壓制他內心的痛苦，反倒會使那份痛苦變得更加難以忍受。而且，他第一個揮動刺刀，乃是拚命想擺脫那份痛苦的一種本能上的努力、一條血路，同時也是出乎一種浪漫的嗜虐心理。唯一令他感到高興的是四、五名兵士陪著他一起下手殺人；這使他對那幾名兵士感激得幾欲落淚。

如今，女孩已死，哭聲止息了，戰場又名副其實恢復一片靜默。這麼一來，萬籟俱寂而冷涼的夜晚這份沉靜，又開始使平尾無法忍受起來。他恨不得從丹田裡大叫幾聲；是該他做豪語壯言的時候，無奈在這種場合是做不到的，他只好噘起嘴唇輕聲吹起口哨來。

傾聽著這口哨輕快的旋律，近藤一等兵又開始鑽起牛角尖來了。——一個人的生命現象竟然如此輕易地宣告終結。既然這樣，執著於這麼樣虛幻無常的生命現象的我們的醫學，到底又是什麼呢？不，該說，我們的生命究竟是什麼？在這戰場上，人命如垃圾。而醫學就好像聚集在垃圾上的蒼蠅——他止不住暗自苦笑。真個是支離破碎啊。那女子的死並沒有使他內心受到任何衝擊，他的神經就有這麼強韌；或許是他懂得蠑螺那種防身術，將自己的感性緊緊地封閉起來。當然他這是從醫學研究上體會而來，也許是醫學給了他人生哲學。他具有置身戰場而能夠將戰場客觀化，且絕不輸給那份客觀的一種堅強。因而他是最不容易與笠原伍長那種性格同化的人。他殺死女間諜的情況和笠原殺掉放火燒房子的中國人，乃至平尾屠殺了哭嚎的姑娘的情形全然不同；他是具備著十足的自省，卻又克服這份自省而毅然施行屠殺。換句話說，他的知性向戰場做了妥協。

第二天近午時分。

古家中隊前進了約莫五百公尺，卻面臨一條深邃的河渠。河渠上原本有座石橋，敵軍撤退的同時破壞了它。平尾與近藤奉倉田少尉之命前往徵用船隻。

河渠的堤防距離水面有四尺高，整條堤防蜿蜒到遠遠的那一頭。下游地方五、六百公尺處聚集著兩、三戶人家，想必非要到那兒才能找到船隻。

敵我雙方的機槍射擊幾無間歇地持續著，迫擊砲彈不時帶著特殊的呼嘯掠過天空。兩個人沿著堤防底下，哈著腰，一路跨過水邊的枯草和中國兵的屍體，往下游奔去。

跑了大約三百多公尺，為了蓋過射擊的囂鬧，近藤大聲向背後吼道：「喂，平尾，我看到姑娘了，喏，還活著哩！」

他指的是河渠對面的堤防。有個女人彎著身子趴在那斜坡上一棵枯萎了的楊柳底下。隔著十來公尺寬的河渠，可以清清楚楚看到她那副模樣。女人抬起白白的臉蛋，正在望著他倆這邊。是個年輕的農家少婦。

「她懷裡不是抱著個小孩兒嗎？」平尾慄然的嚷道。

女人懷裡的確摟抱著一個奶娃兒。

兩個人來不及停步便拔腿飛奔。

「這娘們兒幹麼還在這種地方打轉兒？」平尾似乎很是牽掛，上氣不接下氣的還在這麼說。

到得農家卻不見船隻，繼續向下游跑了兩百多公尺，這才找著了船隻。

兩個人使用竹篙匆匆朝著上游划。當他們回到了農家女所在的地點，突然聽見乳嬰劇烈的啼哭。原來女人已經滾落水邊，伸直著四肢仰臉挺在那裡。她的胸脯旁邊，連爬都還不會爬的奶娃兒，俯伏著身子將一張臉挪進枯草裡嚎啕大哭。有道血絲從女人太陽穴流了出來，烏紫一片積存在耳朵裡。

平尾站在船尾，緊握著竹篙一動不動地凝望著那一大一小。近藤則面帶嘲諷的笑，在船頭不住地划動竹篙。

「我說平尾。」近藤道：「就像昨天那樣，把那小東西也結果掉吧！這樣要慈悲多了。照這樣下去的話，到今天晚上敢情只有活生生地餵野狗。」

平尾佇立船尾，目送著逐漸遠去的那母子倆，久久，久久，一邊顫索著面頰，咬緊嘴唇飲泣著。然而此刻，他內心的浪漫情懷正在耽溺於一種滿懷絕望的陶醉裡。

6

無錫的防衛畢竟固若金湯，經過兩天的戰鬥，也沒能夠攻下寸土。西澤聯隊這天失去了聯隊掌旗兵。一發子彈打穿他的左胸，抬上擔架時人已經斷氣。

他最後的一句話是：「請轉告聯隊長，我很遺憾，沒能追隨到底。」

這時，聯隊長正偕同副官前往視察相距三百多公尺前方的火線，聽到聯隊旗護旗兵奔過來傳達的情況，於是對著遠遠的後方，從樹叢底下逐漸遠去的擔架，靜靜地行了個舉手禮，一路躲開砲彈坑，重又默默走了起來。

「他要我轉向聯隊長報告，很遺憾，沒能追隨到底。」士兵說。

大佐嚴峻地回過頭來望著兵士，「還說了別的什麼？」

「不，緊接著就斷氣了。」士兵低下頭咬著嘴唇。

大佐背過身去，平靜地說道：「你去告訴隨軍僧，要他好好地為掌旗兵超渡一番。」

戰事徹夜進行，到第二天二十六日早晨，無錫總算陷入攻擊軍手中。疲於久戰的兵士們占領了市區裡的每一戶人家，爬到床上去呼呼大睡。

入夜以後，聯隊長這才交代取來陣亡了的旗手遺骨。士兵將納入白木匣的骨灰捧上前來，大佐佇立著默禱了一陣，然後將它安放到櫥架上，自己也就在櫥架底下躺下睡覺。

友軍追擊殘敗的敵軍向常州進發，西澤聯隊則留在無錫做三天的休養。此時正是活下來的兵士對女人最感貪饞的時候。他們大步大步地橫行大街上，猶如追逐兔子的獵犬那樣四處尋找著女人。這種放蕩的行為在華北戰線曾經受到嚴格的管束，但到了此地就很難束縛他們的行動。

每一個兵士在心情上都變得跟帝王或者暴君一樣驕矜而任性。在市鎮上達不到目的，他們就遠征到城外的民房去。儘管那種地方仍有潛藏著殘兵或者居民持有武器的危險，兵士們依然沒有絲毫猶疑和躊躇，總覺得這世上再沒有誰比他們更強大。毋庸置言，在這種情緒底下，道德、法律、反省和人情俱都喪失了約束力。而兵士們總是左手小拇指上戴了銀戒指回來。

戰友們問道：「哪兒要來的？」他們就笑著回答：「死去的老婆留下來的。」

是聯隊的大裝備還沒有登陸，部隊逐漸接近上海的時候。因此，前線部隊無法指望後方的運輸，所有的物資只得靠著當地徵用來湊合。

米和蔬菜比較好解決，最感缺乏的是佐料，而最最缺乏的時候要算是駐紮無錫期間。

聯隊部的當值伙伕也不知有多寶貴地收藏著用剩的約莫一飯碗白砂糖。

「喂，這可是聯隊長的份兒，你們大夥兒千萬碰不得。」

武井上等兵將砂糖用紙包起來擱到櫥架上。只有在烹調大佐飯菜時，才一點一點省著用，即使這樣，如今也只剩一只小酒杯那麼多。

「也不曉得什麼地方能夠找到砂糖。」

他是捉空兒就到街上去四處走著尋摸砂糖，可就是怎麼也找不到。

這天傍晚，他準備用所剩無多的砂糖給聯隊長做菜，卻發現藏在櫥架上的砂糖不見了。

鍋子裡的菜已經煮熟，鍋子底下，桌腿和壞掉的箱子正在熊熊燃燒。他站在灶前，驚呆地張大了嘴。

「老天！擱在這裡的砂糖哪兒去了？」

值班的兵士們異口同聲回答不知道。有說午飯時候還看到的，有的表示會不會被風吹掉地了，末了被認為最有可能的疑問是中國籍的伕子們偷去了。伙房裡有五個打支塘鎮一帶就帶了來的中國伕子。

上等兵臉都氣紅了。無奈話說不通。他伸手摑了一記最靠近他身邊的一名十七、八歲的中國小伙子，總覺得就是這傢伙偷的。打過之後，這才命一等兵部下找來隊部的通譯。

「呀，真麻煩呀。」中橋通譯口叼香菸走了進來。

武井立刻把事情告訴中橋，要他盤問盤問這個小伙子。

這個中國小伙子從支塘鎮就開始專門炊事方面的工作，平常很聽話，是個勤快的老實人。中橋不認為是他偷的，但他還是加以查問一番。小伙子表示不知道，而且說大概是哪個大兵拿去了罷。

「士兵絕對不會偷！」武井上等兵怒目的說。他們決定給這個小伙子來一番搜身。他們從他口袋裡搜出揉成一團的紙，顯然是用來包砂糖的。砂糖已經被他舔得乾乾淨淨。

武井上等兵唇角流著口水，火冒三丈，當場揪住小伙子，將他帶到五十來公尺遠的水塘岸邊上。水塘對岸，近藤一等兵正在淘飯盒裡的米，預備擱到火上去煮。

武井拔出腰間的刺刀，毫不猶疑地從背後一刀刺穿小伙子的前胸。小伙子呻吟著倒進水塘裡，激起的波紋汩汩拍向十來公尺外近藤正在淘米的那一岸邊。他連忙停止淘米，站起來嚷道：「小子幹了什麼來了？」

「可惡的傢伙，居然把留給聯隊長的砂糖偷去幹掉啦。」

「啊。」近藤拎著飯盒，望著漂在水裡的「逆」（你）的背脊。

上等兵踩著粗重的腳步氣鼓鼓地回去了。近藤很遺憾沒辦法再在這水塘裡淘米。

不過，想想也真是的，一小撮砂糖竟然抵上了一條人命；他不由得再度思忖生命到底是什麼？而思想到此，他忽然記起了基督的言詞：「麻雀不是一隻賣一分錢嗎？即使賤如麻雀，神仍然將牠們創造得美好無缺。」[3]麻雀的生命與人類的生命沒什麼兩樣。一條人命不過抵上一小撮砂糖，儘管賤如草芥，神仍然將「逆」（你）們創造得美好無缺……近藤再度給自己的感性封上蓋子，向戰場妥協。接著右手拎起猶在滴水的飯盒，鼻子裡哼著歌走回火堆旁邊。

武井上等兵回到伙房，留下來的四個「逆」，不安地偷眼看看他的臉色，拚命做起活兒來。武井雙手碰通一聲挪進水裡洗了洗，直立著攪了攪鍋子裡煮熟了的菜。中橋依然站在那裡。

「幹掉了？」

「幹掉了。」

「那又何必宰掉他呢？小子是個滿肯幹活兒的好人。別這麼急躁嘛。」

「你也替我想想啊。」武井快口說著別過臉去。

---

3 此句當是《聖經》路加福音的「五個麻雀不是賣二分銀子嗎？但在神面前，一個也不忘記。」

中橋內心裡一個怔忡，原來這位上等兵哭了。沒能給聯隊長做放了糖的料理這事，居然使他悲傷成這個樣子。通譯默默離開他。

不一會兒，武井將燒好的菜裝進盤裡，端到西澤大佐屋裡去獻給他。武井所能為這位長官做的羹湯就只有這盤菜。

大佐將陣亡者名冊攤開在髒兮兮的桌子上，一動不動地凝視著。

「報告聯隊長，留起來的砂糖不見了，今兒晚上的菜不會好吃。」武井鞠個躬說：「明兒我一定去找點砂糖來。」

「嗯，什麼都行。」大佐頭也沒抬地答道。

「實在對不起。」武井再度鞠了一躬，回到伙房蹲到灶前，定定地凝望著燃燒的火焰。

其他士兵問他要不要吃飯，他只漫應一聲回頭再吃，連站都不想站起來。

臨離開無錫的早晨，兵士們放火燒毀自己曾經留宿過的民房——毋寧說故意不熄滅火堆，期望它回頭延燒起來燒掉房子的居多。他們這麼做，一則向自己表示不再退回此鎮的決意；一方面也未嘗沒有防範敵方殘軍捲土重來的意思；再就是燒毀這座城鎮，似可成為占領此鎮最大的確據。

行軍隊伍離開城鎮，開拔到廣闊的沃野時候，回首望去，漫天渦漩的濃煙遮去了天日。融融的火焰發出狂風一般的怒吼，直傳到遠遠的這邊來。大部隊開走之後，人口二十萬的城市無錫只剩少數幾個警備兵，幾乎不見居民的影子，火舌從街頭延燒到巷尾，再從這條街舔到那條街，末了再自行熄滅。

這天，部隊沿著鐵路行軍到橫林鎮，在那兒過了一夜，並且得悉常州已經落入友軍之手。

到南京去，到南京去！

南京是敵人的首都。兵士們最高興的就是這個。不同於常熟或是無錫，占領南京意味著決定性的勝利。他們一點兒也不覺得無聊。

行軍隊伍中，日本軍馬的數目逐漸減少，中國馬和水牛則越來越多。而中國軍伕的人數也隨著增加。那真是個奇異的景象，簡直就是中國人在幫忙打南京攻略戰。他們拖拉著水牛的鼻繩，穿著臃腫的黑色棉褲，光著腳板快步的行走。兵士們抽著菸與他們並肩而行，一邊用扛槍的手肘拐拐他們的肩膀，問道：「逆（你）！南京，好姑娘，多多有？」

聽懂了兵士們拙嘴笨舌的洋涇浜中國話之後，伕子們滿是灰垢的臉上陰影也似地泛起一抹淒涼的微笑，簡短回答：「有……」

發問的兵士於是咧嘴笑著點點頭，禁不住說了聲「All right」，說過之後立刻又覺察到這並不是中國話，而遺憾於不懂得該當於這一句的中國話要怎麼說。他們努力想要多知道一點中國話，同時焦急的心想，要是能夠用中國話暢所欲言，該有多快樂。兵士們內心裡最感平安的時刻，便是像這樣用片言隻語和中國人交談的時候。然而，即使在這種和平時刻，蔑視中國人的心依然很難去除，猶如一條頑強深厚的根，牢牢地殘留在他們的心底。

行軍隊伍當中，若干分之一的兵士攜帶著戰友的遺骨行進。登陸白茆江以來的陣亡者的遺骨無一給遣送後方，全都分別由袍澤們懷抱著前進。隨著戰線的挺進，陣亡者的人數增多，相對的，部隊的人數益形減少。因此，懷抱著遺骨前進的兵士的比率也就增加到兩倍。真個是淨由幸免於死的兵士所組合的行軍隊伍。每打完一場仗，他們就止不住打心底裡感到不可思議，自己居然還活著，尤其投宿到村落，次晨睡醒過來的時候，「我還活著」的感覺分外強烈。

三十日一大早，西澤聯隊離開橫林鎮往常州進發，是出發之前隊伍集合的時候。黎明的霧靄白濛濛地爬滿了集合場的地上，大夥兒趕往集合地點的途中，武井上等兵同著七、八名值班的炊事兵七嘴八舌的聒噪著走在一起。他把離開宿舍就拿在手上的戰友遺骨綁到背上去，突然拉開嗓門唱將起來。歌是沒頭沒尾，他將流行歌當中的一兩句掐來加以改換歌詞而成——

「信誓旦旦共死生，言猶在耳呀猶在耳，失信留下我一個，情何以堪呀何以堪……」

「你倒是滿會改歌詞的嘛。」一名士兵說。

背在背上的骨灰裝進一節竹筒裡，用棉花田裡撕下的棉絮塞緊。起初是納入白木匣裡掛在胸前，但一開始打仗，木匣刺眼的白就有可能成為敵人的槍靶。有的兵士則將空罐頭洗淨之後把骨灰納入其中，收進背包一路背著走。對於帶在身上的這些靈骨，兵士們沒有像對待普通的死人或骨灰那樣感到害怕和厭惡，反而有一份深厚的親近感，總覺得這些骨灰本身依然活著，或許毋寧說兵士們都感覺到活著的自己只是個假象，不定這一天內就會變成跟這些骨灰一模一樣；也許他們只是活著的靈骨而已。

就這樣，陣亡的兵士和活下來的兵士於是相偕著逐漸逼近南京。

7

西澤聯隊的大部分於這天午前抵達乍乍占領下來的常州，分別聚集城裡各處進行午餐。城門外的民房遭受破壞的程度，可以說幾無一家還留有屋頂，荒涼而杳無人跡的城牆上，獨見一面鮮紅的太陽旗迎風飄揚，以及晴空底下摟抱槍桿而立的衛兵小小的影子。

經過一連串沒有戰事的行軍，休息時間來臨的時候，兵士們的心情變得非常悠閒，甚至感到有點快樂，彷彿組團到這裡來觀光旅行一樣。尤其天氣又這麼好，是連續兩、三天的寒流之後小陽春一般溫暖和煦的好天。被毀的宅邸庭院裡盛開著山茶花，沙包壘成的陣地崩塌處，一隻疲憊的餓犬躺在那兒曬太陽。

兵士們從城外的民房徵來驢子，輪流著騎上大街；又把繩子套到徵用來的豬脖子上一路拖回來，不用說是準備晚餐時候打牙祭的。

負責炊事的士兵取出從中國軍手上繳械來的一把老式毛瑟槍，將那隻豬拴到一棵樹幹上當靶子，隔著百把公尺加以射擊，看看能不能打中。子彈打在豬身上硬是不容易叫牠斷氣，其他的士兵遂以豬身上開太多天窗會撈不到肉吃為由，逼他停止打靶，然後把槍口抵在兩耳之間打下致命的一槍。

死掉的豬體溫還未消失，便成為一塊塊的肉片給扔進鍋裡。

夜幕深垂以後，他們便又圍起火堆，有一搭沒一搭地閒聊著入睡。他們所聊的無非是國內的新聞也不曉得怎麼報導我們啦、大連以來就沒有收到過家鄉的來信和慰問袋，也不知道是不是積存在什麼地方啦、慰問袋這玩意兒通常只分發給待在後方的部隊，真正在火線上流血流汗的官兵們根本就撈不到，也沒法送達他們手上。所以，歸根究柢這些慰問袋就只成了奢侈袋而已。而就在火堆冒起泛白的煙，刺激著鼻喉的情況下，他們依舊穿著靴子打著綁腿，將外套蒙到身上，打著呵欠不知不覺進入夢鄉。

然而，就在這同一個夜晚，城裡傷兵臨時收容所的景象，可說悲慘到了極點。

權充臨時收容所的房子，是幢藍漆木造兩層樓房，原本像是某種公家機構。二十來坪大的房間中央擺了張小桌子，桌上一根蠟燭，長長的火焰獨自搖曳著。偌大的空間就只有這麼根蠟燭的照明，因而幾乎看不清屋子裡東西的形狀。這間屋子裡的地板上躺著七十六名傷兵。為了騰出空間好讓重傷者躺臥，傷在下肢或是肩膀的兵士只好背靠牆壁蹲坐著。血腥與發燒者呼出的氣味交織成一種窒悶難聞的空氣瀰漫整個屋子，幾令人發昏。重傷者以平靜而深沉的聲音不停輕哼，只聽到在這些傷兵之間撥動著忙裡忙外的軍醫與看護兵的靴聲磕響在木質地板上。然而，一名軍醫帶三名看護兵實在照顧不過來，更糟的是在這種昏暗的亮光底下，就連血塊和傷口都難以分清。

軍醫挨個挨個處理下去。有個士兵顫抖著自己笨手笨腳裹上繃帶的左手，指指旁邊的那一個說：「報告醫官，請您看看這個人，恐怕剛剛死掉了。」

軍醫默默撐開旁邊那名士兵的眼皮，黑暗裡湊過臉去探視他的瞳孔，再解開鈕釦，伸手去試探他的胸房。末了，軍醫回到了原先的士兵眼前。

「不行了？」

軍醫也不作答，只管為這名士兵處理傷口。士兵強忍著被觸及傷口的痛苦，別過臉去與死去的兵相對，就這樣打量起他的遺容。這名士兵也不知隸屬哪個中隊，姓啥名誰，生前只怕也不曾交談過，但活下來的這一個決定好好記住這名士兵的遺容。死者那張臉年輕而英俊，只是稀疏的鬍子長長了，久戰的疲色猶如黑影似地給白皙的額頭抹上一層陰翳。

有的士兵腰部關節被彈片打碎了，在接受處理的當兒，他向軍醫問道：「要多久才能夠再上戰場？」

軍醫以粗暴，卻也滿懷情意的口氣斥責道：「鬼扯淡，也不看看這個傷勢！」

「會變成殘廢嗎？」

「那還用說！」

士兵失望地微笑，然後想像著可能即將被遣送回國的自己身著傷兵服的模樣，以及故鄉的親朋好友。此刻，他全然不曾考慮到成了殘障之後還得繼續活下去的幾十年漫長歲月。

誠如近藤一等兵所時常疑惑的，一個人在戰場上，似乎可以蔑視敵人的生命如垃圾，同時也能夠輕看自己的性命如草芥。這並非以清楚的自覺去強迫自己接受「視生命輕如鴻毛」這種觀念，而是在蔑視敵人的不知不覺之間，連自己的生命也變得一文不值了。可以說他們已然將個人生死置諸腦後，且已喪失了珍視及思量自己的生命與身體這種重要事物的力量。這是一種近乎精神衰弱的症狀；就好像他們在無傷無痛的情況下打仗的時候，哪怕再多的戰友倒斃眼前，也不足以使其覺醒的一種嚴重的夢遊狀態。毋寧說戰事越是激烈，他們的昏迷狀態越是沉重。而一旦敵人的子彈給他們的肉體開個窟窿的剎那，他們這才似乎陡然發現活著的自己，並且領悟過來自己正在面臨死亡。

第二天，部隊在常州城外掃蕩殘敵之際，平尾一等兵就體會到了這種奇異的經驗。

城外的戰場是一片耕地。散兵群就在耕地一無掩蔽物的平面上布開。平尾滾到壟頭與壟頭之間的窪陷處不停的開槍。壟頭的落差不過五寸高，當然不足以掩蔽整個身體。

這時，一顆子彈帶著尖銳的呼嘯掠過他的鋼盔，水平通過他背上，貫穿靴跟，右腿自腳跟到大腿頓時感到一股強烈的撞擊。

「中彈啦！」

他自覺渾身立時泛起了雞皮疙瘩，頭皮也發起麻來。於是展布眼前的戰場景色忽然變得陌生，如一個初來乍見的地方，又像是通過一道隧道所見新的風景一樣。砲彈的呼嘯清清楚楚地灌進耳膜裡來，也能夠一聲聲地分辨出步槍和機槍的叫囂。這真是一種奇異的醒覺感；彷彿在這以前他始終待在一個靜寂無聲的地方，而那些砲彈和子彈這才突然叫囂了起來。他這才發現側臥耕地裡的自己，且覺察到四周存在著多少危機而禁不住發抖。

他盡可能放低身子，將右腳拖近前來察看。靴跟給斜著貫穿，露出髒汙的襪子，卻絲毫沒有傷及皮肉。他吐著火熱的氣息，將太陽穴陣陣作痛的腦袋平貼到泥土上。如果腳踝高出那麼一寸，只怕他的腳就得終生不良於行；要是他的頭高出那麼一寸，只怕此刻他已成為一具沒有知覺的死屍倒臥在這耕地裡。

額頭和腋下津津淌著冷汗。他感到一股無以言喻的恐懼，頭都不敢抬高一寸。打從這年秋天登陸大沽而經天津，而子牙河沿岸的初期戰事中，他有過好幾次這種醒覺的經驗，之後就完全失去了知覺，而今又陡然甦醒過來了。

十二月一日，西澤聯隊跟隨著友軍所戰鬥和占領的足跡，一路行軍到奔牛火車站附近，在那兒過了一宿。第二天午前再進發到呂城，在當地過夜。第三天，在友軍迎接之下進入了丹陽市街。在這期間，友軍大部隊已然攻下北邊的鎮江砲台，升起了太陽旗，南方渡過了太湖的部隊則早已先後拿下宜縣、溧陽、金壇，且更進一步向西挺進，南京大包圍戰的陣勢於是隨著時日逐漸整配成形。

快到南京啦。兵士們於是守著夜晚的火堆，一面烘著胯股，你一嘴我一舌的說：

「到南京之前可死不得喲。」

在大連分住各民房的時候，笠原伍長深深迷上了雜誌上刊登的某電影女星照片，特地寫信去索取她的簽名照，目前正在翹首期盼著照片的到來。

「這麼一來，我這身子可寶貴啦。到南京，休養。然後信來啦，笠原正三先生。啐，受不了。背後寫著高楠小百合寄。打開來看看罷，手還發抖呢。有了，裡面是她的照片，簽了名的。就摟著它睡個好覺罷。哈哈哈哈……」

總之，到了南京再說，人人都這麼想。不管是活著進城還是死了見閻王，都得撐到攻打南京才行。如若能夠保全性命進入南京，想必得以洗去這一個月的征塵，好好做一番休養；要是能夠以首都的淪陷作為戰爭的結束，該可以很快地迎接光榮的凱旋之日罷。

不料，當他們開始懷抱這種希望與夢想的時候，發生了為他們帶來小規模戰慄的一樁事故，那是逗留丹陽的第二天，也就是十二月四日的正午時分。第三大隊的加奈目少尉在前往巡視警備狀況的歸途中，被殺死了。

在一條巷子的拐角處，有個十一、二歲大的女童茫然地站在太陽裡，她一動不動地仰首凝望著路過的少尉。少尉以貼近的距離走過她面前，但走不到三步，便被她從背後開了一槍，趴倒石板路上當場死亡。

女童返身逃進屋子裡，聽到槍響飛奔而來的兵士們立即包圍這幢房子，撞開門扉，用步槍對著蹲在有著蔓藤花樣浮雕的中國式臥床背後俯著臉的女童連連開槍，當場予以射殺。

在所占領的城市，這一類的狙擊事件一再發生；絲毫不足為奇，問題就在下手的是個百分之百的非戰鬥人員，且還是個十一、二歲大的小女孩，這使得兵士們群情憤慨以致大為衝動起來。

「媽的！既然這樣，咱們還有什麼好顧忌？所有的支那佬都給他殺個精光。你跟他們客氣，自己就要吃大虧啦。大夥兒放手幹吧！」

事實上，也不知有幾個中國人單單為了極其瑣碎的小事或者嫌疑，被他們所殺。由於戰鬥人員和非戰鬥人員無法做清楚的區別，使得這類的慘劇難以避免。類似女童的例子不止一、兩樁，尤其導致兵士暴躁的是中國兵士時常採取的那套手段，他們被追急了，便脫掉軍裝混進老百姓中間。即使佩戴著太陽旗臂章的所謂良民當中，不定也混有逃亡的正規軍；又隨著逐漸接近南京，一般人民的抗日情緒益形普遍——這種看法也使得軍方對一般民眾加深了懷疑。

加奈目少尉被狙擊事件發生以後，軍方首腦部立即發布了一道指令：「從此以西，民間的抗日意識亦非常強烈，即或對一般婦孺也不可掉以輕心。試圖抵抗者，雖普通民眾亦可射殺。」

對於喪失了常熟、無錫和常州的敵軍而言，只有靠著固守環繞南京的丘陵地帶、紫金山和堅固的城牆，來作為保衛首都的唯一仰仗。放棄了常州與丹陽的中國軍，於是帶著浮動的軍心湧入南京，因而丹陽以西逐漸接近山區的地方，即使是置身第一線的部隊也沒什麼大規模的戰事。

西澤聯隊的第一大隊以先遣部隊對句容展開攻擊。此地設有步兵學校和砲兵學校，又有機場，敵方遂使用所有的戰術應戰。地雷不停爆炸，小型裝甲車一旦被這些地雷擊中，底盤隨即給打穿，車身連續幾個翻滾，乘員就那麼樣地悶在裡邊悲壯陣亡。敵方的部隊規模雖然不大，但既已接近南京，從他們的抗戰中畢竟也能感受到殊死的決心。

等到句容淪陷，高島師團於砲兵學校設立司令部時，即使師團長的坐騎也不得不跨過敵軍遍野的屍骸行走。

在這種追擊戰裡，任何部隊都對如何處置俘虜感到棘手。部隊本身正準備去從事一場殊死戰呢，怎麼能夠一面戒備一面帶著俘虜走？最簡便的方法是予以屠殺。然而一旦帶上了路，就是殺起來也要很費一點工夫。因而儘管說不上特別命令，但上頭還是對處置俘虜的方針有了一個指示，那就是「所有的俘虜當場加以屠殺了結」。

碰到這種情形，笠原伍長便將這道指令勇敢地付諸實行。他將綁成一串的十三個俘虜一個接一個砍殺下去。

俘虜們雖然身穿正規軍的制服，卻光著赤腳。他們背著裝有炒米的細長袋子，身上是灰色的棉長外套。其中有兩名看似士官，服裝比其他人整齊一點，腳底下也穿了靴子。

這十三名俘虜給帶到機場盡頭的小河岸邊排列起來。笠原拔出捲了刃而不很鋒利的長刀，對準排頭那個人的肩膀深深地砍了下去。其餘十二個立刻齊聲叫嚷，淌著口水戰慄起來。看似士官的那兩個，比任何人都抖得厲害。而笠原依舊毫不間歇地依次砍下去。

突然，他看到了一個奇異的現象，喊叫聲戛然而止，只見剩下的人平坐泥地上，兩手擱置膝頭，因絕望而臉色發青，閉眼垂頭，再也不作一聲。他們這種態度毋寧說是悲壯而堂皇。

這麼一來，笠原反而覺得手底下發軟，他逞強而賭氣地再砍殺了一個人之後，立即回過頭來對戰友說：「剩下的，你們誰來收拾一下吧！」

畢竟沒有一個人願意執行，他們只好退後二十來步，端起步槍，好歹總算處理掉這一堆難纏的燙手山芋。

近藤一等兵和平尾一等兵所住的是住宅區，鄰家是被林木所包圍的一幢幽靜巨宅。

「好神氣的房子，瞧那副跩勁兒。咱們去參觀參觀。近藤，來呀。」

正準備打盹兒的近藤，打著呵欠起身。

「要是有『估拿』（姑娘），算我的哦。」

「去你的，猜拳好了。」

平尾也不帶槍，拄著竹棍帶頭走。

古色古香的大門已然遭受破壞，裡邊的臘梅綻起了花朵。石板路從花草之間蜿蜒著通往西式玄關，玄關門也大敞著。

平尾揮動著竹棍，大剌剌地步上鋪著嵌木地板的玄關。

「你好，有人在家嗎？」

當然不會有人回應。走廊上散亂著窗簾的碎布和一些碟盤。每個房間似都遭受過劫掠，屋子裡翻箱倒櫃，鑲有大鏡子的紫檀衣櫥，所有的抽屜都給拖出來扔在地上。西式浴室的浴池裡積存著髒水，鋪著瓷磚的地上還留著八成是劫掠者的大便痕跡。

走遍整幢宅第，既沒找到任何姑娘，也沒發現有什麼惹人興趣的東西，末了平尾走進二樓看似客廳的一個大廳堂裡。他衝著晚一步進來的近藤打躬作揖行了個中國式的禮說：「噢，大人，近藤公，歡迎歡迎，好久不見啦。」屋子裡的模樣、寂靜和那份豪華，使得他禁不住開了這麼樣的一個玩笑。

近藤立刻如法炮製的應了一句：「噢，平尾公，這麼來打攪你，真不好意思。」

「喏，請坐請坐，來杯茶可好？」

兩個人儼然「大人」一般穩穩的坐在寬大的太師椅上東張西望。那是紫檀木料上施以精巧雕刻，就像是寺院正殿裡僧侶所坐的那種椅子，坐上去非常舒適。紅漆大桌、大理石洋爐、櫥架上的鏡子以及天花板上古意盎然的吊燈，在在都顯示著這個人家豪華奢侈的生活。牆壁上掛著好幾幅淡彩的山水畫軸，其中的兩幅長長地伸展在地板上。江南竹直伸長到窗口，於風裡颯颯作響，微暗的竹影不停在屋裡搖曳。

「我說近藤公，這向時社會好生動盪不安，你看呢？時局會有什麼樣的變化？」

「可不是嗎？這個老蔣也真拿他沒辦法。前幾天他老兄來看我，我就勸他了：『你還是不要太胡來的好。』」

「我看，那個人還是不要搞政治的好。」

大人忽地起身走向洋爐，原來他在石造壁爐上發現了一件奇怪的東西。平尾拿起來看看，那是用兩寸寬五寸長的木頭做成的，表面一個個圓圈裡描繪著十二地支，並標出東西南北，還嵌上了磁針。

「日晷！」平尾一本正經的叫嚷了起來：「近藤，你瞧，是日晷哩。」

的確，那是一座日晷，製造的時代看似不很古老，但磁針已經很鏽，卻依然顫索著指出南北兩個方向。

黃昏的斜陽把窗子映成一片微紅。平尾拖過紅漆大桌，平平的彎下身去，順著磁針將盤面對準正南方，然後試著把中央那根生鏽磁針筆直的豎起。果然，日影就在申酉之間畫出一道細而清楚的線。平尾抱著胳臂目不轉睛的審視起來。

「嗯！這真是個好玩意兒，天外飛來的寶物哩。」

聽到近藤這麼說了以後，平尾依舊默然無以作答。近藤又問他打算怎麼著，他於是用帶幾分戲劇味的腔調說：「啊，歷史悠久的支那呀。支那是置身現代而非現代，他們依然在做古老文化的夢，依然在古老的文化中呼吸。瞧他生活這麼奢華，這位大人卻抱著胳臂，一邊喝茶，一邊玩賞這座日晷呢。」

平尾的浪漫情懷又甦醒過來了，他那番壯言豪語便是這個時候突然爆發出來的。他昂首挺在太師椅上，叉開兩腿揮著手繼續說：「支那四萬萬人民，悠久古老如長江。從黃帝、文王、武王、太宗、楊貴妃這些人所生活的時代迄今，支那絲毫不曾改變。支那是永不滅亡的。即使老蔣之輩提倡什麼勞什子新生活運動，也絕不可能叫這般人民有所改變。同樣的，哪怕我們占領了全中國，要想同化這些老百姓，那是做夢而又做夢。支那就是如此這般永存不朽，可怕啊，可怕！」

近藤百無聊賴地起身說：「踐什麼文嘛，走啦。」

平尾恭恭敬敬地拿過日晷起立，寶貴地收進貼身口袋裡。他覺得似乎這才理會到中國這個國家。那便是多少世紀以來，中國的民眾一直過的是與政治無關的生活；想必他們並不關心當政者是清朝還是孫文。平尾於是對這樣的中國老百姓和他們所懷抱的古老而又古老的心靈，油然生起無限的情意。日本與蔣介石爭戰，但與蔣政權是另一回事；老百姓無所謂抗日、親蘇或是容共。他跟在近藤背後走下樓梯，一面慨嘆的說：「支那人才真是無政府主義哩，人人都在身體力行。」

對於平尾這麼樣單純的佩服方式，近藤很是不滿，他斥責道：「無政府主義也有很多種啊，他們這也叫無政府主義的話，所有的畜生都該是無政府主義了，你瞧，豬才是徹頭徹尾的無政府主義者呢。」

「鬼話，你小子毫無感性。」

「閣下的理論才叫群盲摸象圖呢。」

「隨你怎麼說好了。」

若要搬弄起理論來，平尾可不是近藤的對手，他握起那根竹棍，勁頭十足地奔出玄關，一邊大聲嚷道：「再見了，謝謝你的禮物。」

8

十二月八日，西澤聯隊的第一大隊對湯山的敵人展開猛烈攻擊，到了黃昏時分得以拿下附近一帶的山區，敵方建造了堅固的碉堡，又埋下地雷阻撓進擊，可以說是一場驚天動地的殊死戰。

其他部隊則於這段期間沿著街道行軍，進入湯水鎮的村落。此地是溫泉鄉。居民走光了的鎮上，溫泉旅館中貼白瓷磚的大澡池裡，熱氣騰騰地滿溢著熱水。

聯隊把隊部設在其中一家旅館裡，西澤聯隊長總算得以洗去征戰月餘的灰垢。

兵士們更是喜出望外。他們找來大甕和澡盆，汲了水就在露天底下光起了身子洗澡。

「真是太好了，所以我說喜歡支那佬嘛。」

大夥兒插科打諢地洗刷著被血和汗泥糟蹋成粗糙無比的肌膚。武井上等兵剛剛從澡池裡爬起來，又說：「不行，身上還有灰垢。」說著再度泡進池中，算算一天裡居然洗了五次澡。

「聽說你小子洗了五次澡？」

中隊長這樣問他，他就一本正經地回答：

「啊，總算把灰垢給洗掉了。這麼一來，任何時候死掉都犯不著再用熱水淨身啦。」

然而，也有死都不肯泡進浴池裡洗澡的，理由是把身體弄乾淨以後，擔心往後受不了髒。

以行軍的腳程算起來，距離南京已經要不了一天的工夫。湯水鎮這一宿算是能夠好好兒安眠的最後一夜，往後不知道要什麼時候才能夠睡在屋頂底下。兵士們畢竟緊張了起來，止不住去思量置身戰場的自己，以及明日的性命。

這天夜裡，兵士們打點背包，將米和地瓜塞了進去。腰身四周則塞滿了一百二十發步槍子彈。又把遺書夾進荷包或者貼身口袋的小記事本裡。

——十二月八日，這或許將成為最後一頁日記矣。死而無悔乎。

倉田少尉在小記事本裡記下這一段之後，將鉛筆折斷成兩截丟進火堆裡。他的心情穩定，而且變得非常細心。他擦拭刀身，試試手槍的情況，然後清理步槍的槍管兒。他又給水壺灌滿熱水，再將一盒火柴不勝寶貴的用油紙包起來放進背包裡。一切都打點停當以後，自言自語地說了聲：「喏，就等明天開始啦。」接著，為了充分的休養，他早早入睡。

笠原伍長也同樣並不衝著誰地吼了聲：「喏，就等明兒開始啦！」

然而，他既不去擦拭刀身，也不看看水壺裡還有沒有水，更別說去準備火柴了。

第二天，西澤部隊抵達了麒麟門。紫金山就在兩里遠的那一邊清晰地展示著它的山容。此地可以說是南京大攻擊的前哨戰。敵我雙方午後開始對陣，重複了幾番小規模的戰鬥，入夜以後，敵軍開始節節撤退；想來敵軍也必認清，即使在這據點上拚個你死我活，無奈後方既已遭受威脅，只能說大勢已去。而撤退之後的陣地上布滿了地雷，炸死了若干馬匹。

南京已然受到了包圍。自南方秣陵關向北挺進的部隊，已然迫近牛首山的司令部，展開了山岳戰，敵方正在往城外的雨花台撤退。突破索墅鎮朝西進逼的部隊則拿下了淳化，急速地向前迫近。而攻陷了江岸烏龍山砲台的北進部隊，遂沿江向上游逼向幕府山砲台。至於高島師團和其他部隊，則決定從麒麟門順著南京街道開向中山門，西澤部隊再分開來去攻打紫金山。

這天正午，日軍的飛機飛臨南京城內，投下上海派遣軍總司令官致南京防衛軍總司令官唐生智的勸降書。答覆期限是第二天十二月十日正午，地點是中山路句容街道的崗哨線。如若沒有回音，將對城內展開攻擊——大致上的意思是這樣，且還附了段前文，表示以情以理不忍破壞南京的東亞文化，因而以投降相勸。

在這期間，城外的戰鬥仍在進行，包圍陣線一刻緊似一刻地縮小，兵士們是近在眼前的觀望著蜿蜒迤邐的黑褐色南京城牆，一面待命。

十號這天，時刻已到正午，敵方仍無回音。南京城總攻擊的命令遂於午後一點整下達整個戰線。

西澤部隊的紫金山攻擊戰卻早於午前就已展開。部分部隊自山麓向北迂迴，順著鐵路先後去襲擊太平門站、和平門站和下關火車站，進而占領下關碼頭，其他部隊則從紫金山東邊比較低矮和緩的一側向山上搶攻。

紫金山第一峰標高四百八十四公尺。從南麓的中山陵看過去山頂分為三峰，是座感覺柔美的山，但背面北側的山坡，卻淨是嶙峋的岩石，峻陡得必須抓著樹木才能攀登。南麓中山陵這邊屬乎自湯山沿街指向中山門的其他部隊的攻擊範圍，北側險峻的一邊，則決定由西澤聯隊的兩個大隊進行攻擊。

山頂上一字排開的盤據著敵軍堅固的碉堡，岩石背後還有一重又一重的長長散兵壕，砲口瞪視著山坡底，機槍則早已開始射擊。這才是南京防衛的第一要害，高島師團長認為除非攻下這座山頭，否則壓根兒別指望南京攻擊能夠宣告成功。因此，特地差遣麾下最值得他信賴的西澤聯隊的兩個大隊，並直接由師團長下令進攻。

來到山邊，古家中隊於是橫著散開來，穿梭過岩石與岩石之間，鑽過小松樹的底下，一路潛伏前進。先頭部隊的火線已經交戰得如火如荼。以地形來說，我方是無比不利；敵軍從散兵壕裡只露個腦袋射擊，又從碉堡裡單單伸出砲口不住的發射，友軍卻不得不將全身暴露於槍林彈雨之中，而且須從受制下邊朝上窺探。聯隊長很明白這場戰鬥有多艱難，正因為這樣，他幾次三番同著聯隊旗和副官冒死進出火線。

對敵軍來說，這種情況之下最有效的武器是手榴彈和機槍，尤其是手榴彈，讓他們那麼樣劈頭劈臉地當頭砸下來，友軍簡直無從挺進。

散兵壕裡扔出來一塊黑色石頭樣的手榴彈，拖著白煙的尾巴落到岩石上來，一面滾動一面咻咻作響，逐漸滾向攻擊線這邊而來，下一個瞬間便是爆炸聲和硝煙如花的開綻。沙塵與硝煙落定之後，只見血肉模糊的戰友在眼前輾轉呻吟。

天皇陛下萬歲！在轟轟隆隆中聽到這一聲呼喊，兵士猛然回過頭去。喂，草間，喂！然而，戰友不再回答。兵士只好默然將面頰再度抵到槍托上猛扣扳機。子彈打完了，就抱起槍桿從小松樹和岩石之間胡亂的奔下山去。到處都是倒下的以及受傷的戰友，有的在岩石背後先將就著自行包紮傷口，有的則仰臉躺在松樹底下茫然的仰望空中。他奔過這些戰友之間，來到已經開到火線後面來的小行李兵士面前，立刻側臥下來。

「哎，快給我一些子彈，快！」

也不知是從哪兒弄來的，和尚片山玄澄自肩膀到腰際斜掛著一把青龍刀。到得此地，曾經擊殺過數十名中國軍的他，心情上早已穩如泰山。他總是緊挨近火線上來，看護傷兵或者佇立陣亡者面前合掌超渡亡魂。流彈不時掠過肩頭，隨軍僧頭上戴著頂鋼盔。

天已近正午。日光自山肩劈臉照在友軍這邊。眼睛被刺射得看不見上方的敵軍陣地。晴朗的藍天，一股白煙倏然拖著尾巴掠過藍天。子彈那種令人不快的囂叫，迫擊砲從頭頂上飛掠而過，然後流向下方。爆炸聲直震撼到腳底下來。我方由於仰攻作戰，擲起手榴彈來煞是礙手，很難搆到敵軍的散兵壕，有時反而噴著煙滾落到自己人這邊來。

紫金山下排列起野戰重砲，是用牽引車拖了來的。巨大的砲彈閃亮著給裝填到砲膛裡。一種寬寬厚厚、反而給人鈍重之感的悶聲，貫穿空中子彈的叫囂。砲彈飛越紫金山頭，目標不在山頂，而是遠處的下關火車站一帶。

快發砲也已開到了野戰重砲陣地附近的山腳下。如今步兵最仰仗的就是這種快發砲。瞧它有多準確！它就能鑽進敵軍碉堡那一尺見方的槍眼裡去，而且不止一發，十有八、九都會鑽進去。只見槍眼轟然冒起白煙，砲彈在碉堡裡面開花。

打中啦！兵士們心想，但他們依舊面無表情地繼續步槍射擊。敵人的機槍子彈不停飛過來，真個是名副其實的槍林彈雨。子彈打中岩石，破片四散。眼前的小松樹枝搖動半天。逐漸傾斜，然後吧噠一聲掉落下來。參差的斷口開始流出樹脂，日光濡溼地閃亮著。

倉田少尉拔刀出鞘，從岩石背後一路往上爬。小隊裡依然活著的兵士們，陸陸續續地跟在背後爬上來。他們到得一座岩石之後，在那兒射擊十來發子彈，再瞅準前頭的下一座岩石底下爬去。從這座岩石的背後到那座岩石的背後，如今岩石成了友軍唯一的堡壘。大夥兒一寸一寸朝山上挺進。手榴彈不時冒著煙滾落下來，悚然地把頭一低，倒抽一口冷氣的剎那，咣——震撼肺腑的響起，接著是嘩啦一聲砂石劈頭遮臉罩下來。重新往上爬，倉田少尉的軍刀還搆不著敵軍的散兵壕，他向兵士要來五、六顆手榴彈，率先飛爬。左手搭到岩石上微微欠起身子，將安全銷銜到齒間一拉，再敲敲信管，手榴彈立即嘶嘶作響的冒起煙來。一、二、三、四，算好時間閃動肩膀一扔，流過去的黑色塊塊和白煙，跳進壕溝，好！伏下身子。然後重新直起身體尋找可供攀登和掩護的下一座岩石。

西澤聯隊長從從容容的行走在槍林彈雨之中。他看著受了傷，正在被戰友背往山下去的一名士兵。那名士兵臉上已經沒有了人色，嘴唇變得烏紫烏紫。他的頭搭在肩膀上，雙手無力地垂掛下來。而他竟然張開空洞的眼睛，在袍澤的背上上氣不接下氣地說：「放我下來吧，拜託……放我下來好不好？我的肚子挨了子彈，告訴你，肚子哎，壓根兒沒救了啦。要是現在還可以射擊，你就讓我多開他幾槍吧。哎，拜託啦，放我下來……」

在震耳的槍砲聲中，大佐聽見了士兵的這一番懇求。他瞪大眼睛目送著下山而去的那兩個傢伙，生了氣似地對一旁的兵士粗聲說：「那個小兵是誰？你們去給我查清楚他的名字！」

兵士跑開了。大佐從不曾像此刻這樣刻骨銘心地感受過天皇的神威與兵士的可貴。

「他是一名了不起的兵士！」大佐顫索著嘴唇對副官說。

友軍的傷亡續增，而敵軍畢竟傾全力做背水之戰，因而抵抗之劇烈，幾令人無法越雷池一步。如若採取一般的普通攻擊方式，則只有徒增我方慘重的傷亡。

而這場戰事從意想不到之處找出了一條生路，那就是火攻。一旦採用火攻，則從山下仰攻的一方將變得比較有利。他們決定放火燒山……這麼一來，倉田少尉所預備的火柴算是大大派上了用場。

於是，從我方戰線上多處放起了火。火苗燃燒著小松樹的葉子，沿著雜草燒到枝幹上，再從這個枝頭到那個枝頭一路延燒上去，逐漸像海上的波濤那般連結起來一路燒上山頂。黃色的煙霧將整條戰線蒙蒙的籠罩起來，正午的陽光底下看不見的火焰接二連三地延燒。我方遂跟隨著火頭快馬加鞭逼上山去。

這天，我方所以能夠趕在太陽還未西墜之前攻下紫金山第二峰，可以說是這一著妙計的功效。在意想不到的這場火攻之下，敵軍的碉堡和機槍陣地脆弱的崩潰了，逼得他們不得不朝著山脊相連接的第一峰展開總退卻。

戰事總算告一段落，部隊登上山峰。隔著一道淺谷，從第一峰那邊的敵陣不時飛來砲彈。兵士們伸直兩腿坐在敵軍所建造的碉堡和散兵壕裡閉眼養神，以消除激戰所帶給他們的疲勞。四周倒斃著好幾百個中國兵，人人都背著炒米。兵士們從屍身上取來炒米，靜靜地嚼食。數以百計的汽油桶裡裝滿了水，上面結了一層薄冰，那是從山下汲上來的，紫金山上可是滴水全無。他們大口大口地牛飲著敵人所蓄的水。

這個時候，自南京市郊進逼而來的小林部隊則占領了中山陵。白色花崗岩鋪設的石板路和石階，有的塗以青灰色，有的漆上迷彩，牌樓門和正殿都用竹笆包裹了起來，有如罩上了竹籠那樣，為的是逃避空襲。中央軍官學校的數百名學生據守在這裡做殊死的抵抗。孫中山先生是他們的偶像，他們為了保衛他們自己的偶像而赴死。戰勝者的悲劇多呢，還是戰敗者的較多？占領了中山陵的小林部隊的兵士，奔上平坦的參道，跳到石獅子的背上去揮舞著太陽旗。然後蘸血在牌樓門的石柱上寫下「十二月十日小林部隊占領！」幾個大字。

他們接著轉向明孝陵的殘敵展開攻擊。正面參道上林立著巨大的石人，一副副默然嚴謹的表情，地雷不停在它們穩穩屹立的四周爆炸。

站在第二峰上，腳底下的中山門封鎖在硝煙裡激戰方酣。城門硬是遲遲不易攻破。野砲山砲從紫金山第一峰的敵陣那邊接連不斷的攻打這邊的包圍軍。

不久夜幕降臨，砲火沉靜了許多。為了防範夜襲，將一部分部隊散置前線，其餘的兵士則在山頂結霜的嚴寒中沉沉入睡。他們與陣亡的袍澤並排守候著睡眠。他們脫下一件外套兩個人合蓋。在這種情況下無所謂生或死，死去的戰友沒什麼兩樣，自己和屍體之間並沒有什麼差別。這不僅是對我方的屍首如此；因為睡在滿是石礫的地上頭會痛，大夥兒於是抱來中國軍的屍體，拿它的腹部當枕頭，還說：「哎，舒適得很哩。」

深夜裡，南京市街陷入熊熊的火谷，固然有空襲引發的火災，但大都來自自家放的火。

第二天十二月十一日，我軍向第一峰展開攻擊，這兒的敵軍已然形同被遮斷後路的困獸，其防衛線到底不那麼容易突破。西澤部隊的工兵隊從稀稀落落的松樹底下爬過去，躲在岩角背後摸往第一線，準備用鐵剪去破壞鐵絲網。山頂上，成群的碉堡前面造起了馬蹄形朝前突出的嶄新而堅牢的混凝土壕溝，密集的機槍掃射劇烈得根本就休想抬頭。不僅這樣，他們仍然不停砲轟正在朝著從這山峰可以俯瞰到的中山門、太平門、玄武門以及和平門群集著迫近前去的友軍。畢竟是保衛首都的最後一道防線，一整天下來的戰鬥次數也要比其他戰場頻繁得多，就在沒能收到任何戰果的情況下迎接了夜晚的來臨。

兵士們趴在岩石背後，槍口對著敵人，斷斷續續地瞌睡一陣，再反覆攻擊一陣，一邊阻擋著敵軍的逆襲，度過了不安的一夜，迎來了十二日的早晨。

傳說中華門已經落入友軍之手，並已升起了太陽旗，事實上硬是無法進入城門一步。全線的攻擊只有等候紫金山陷落再說。

天亮了。打了一整天仗疲極而睡的兵士們，醒過來抬起頭，發現敵人的戰壕就在相距不到十步遠的眼前，就連敵兵臉上的表情都清晰可見。

手榴彈與機槍戰再度展開，直到近午時分，古家中隊總算拿下了敵軍戰壕的第一線。只是古家中隊長已經負傷後退，立即由倉田少尉負責指揮中隊。至於平尾、近藤一等兵、武井上等兵以及機槍分隊的笠原伍長，個個白癡一般迷茫著一張臉，卻總算存活了下來。

被拿下第一線的敵軍隨即反撲過來。他們發出駭人的吼叫，高舉著寬刃的刀，或亮出刺刀，跳過岩角衝了上來。機槍不住地叫囂。擊退。接著是我方展開襲擊。無奈一爬上岩頭，頓時一個接一個被撂倒，一時之間無法前進。這麼一來，敵軍可又反撲上來。

笠原伍長拖著輕機槍蹲在壕中。敵軍衝鋒的聲浪一刻近似一刻地迫近過來，但他並不掃射。

「哎，怎麼不開槍！」旁邊的戰友叫嚷著。

笠原髒兮兮的臉咧嘴一笑：「放心，你儘管不作聲等著瞧好了。」

眼前是並排的兩座岩石，幾乎距離不到五步遠。他瞄準著岩頭卻還沒有扣扳機。敵軍攻擊的殺聲幾乎迫近頭頂上，眾足紛沓的動靜直傳到架槍的手肘上來。當領頭的那一個單腳搭上岩石的剎那，笠原的機槍立即亂七八糟地響了起來。那真是乾淨利落的射擊，只見幾十名敵軍重疊著倒向伸手可及的眼前來。笠原孩童般地抽了抽鼻子說：「喏，殺人嘛，就是要這麼個殺法，一顆子彈也沒浪費。」

即使遏止了敵軍的反撲，我方依然無法展開攻擊。就這樣，中午又挨過去了。

這時，總指揮部給西澤聯隊下了一道嚴厲的命令：務必在午後六時之前完全占領紫金山。

說實在的，聯隊長估計要到明天才能完全占領，如此作起戰來才不至於太過吃力。然而，想到逼近城牆的友軍大部隊這一天的損失之大，又覺得這也是萬不得已；接到這道命令的時候，大佐不能不覺悟勢必得讓自己的部下出乎意料地付出極大的犧牲。

不久，命令傳達到了各中隊：午後六時之前務必占領山頂。全線總攻擊。與這同時，聯隊長又進一步下了道命令：預備隊前進。軍旗帶頭。

現在已經無法顧慮到犧牲大不大的問題了。總攻擊於焉開始。而武井上等兵就在這時陣亡。

他先是肩頭吃了顆機槍彈，接著飛自頭頂的另一顆子彈從肩頭穿入，縱貫過上半截身子，自腰後穿出。他握緊槍桿，仰著臉痛苦呻吟。平尾將他拖到岩石背後。

「他媽的，他媽的！我可要到了南京再死，到南京……」

說著這話的當兒，武井上等兵已經變了臉色，嘴唇開始窸窣顫抖。血水從舌頭下咕嘟咕嘟地溢滿喉嚨，輾轉呻吟也變得若斷若續。這時，聯隊旗穿梭過小松樹的樹枝，向這邊前進過來。

平尾嘴巴貼近武井耳邊吼道：「喂，聯隊旗，你看，聯隊旗來了！」

沒想到幾已斷氣的人居然清清楚楚地張開眼睛，用自己的力氣翻了個身。聯隊就在相隔大約二十步的地方正在朝著火線前進。以他的視力可看見了那面聯隊旗？他以俯伏的姿勢將左手舉向面前，然後將仍在滴血的右手掌緊緊的貼合上去，「拜，拜託……拜託啦！」

平尾不明白他所說的拜託指的是什麼，只曉得武井臨終時浮現意識裡的唯一話語就是拜託兩個字。想必他是在對聯隊旗託付說：「我已經不能為國盡忠了，你一定要帶領著大家打勝仗啊。」他以合掌膜拜的姿勢嚥下了最後一口氣。

沒多久，聯隊旗手也陣亡了，因為腹部被打穿。兵士們之間大家都在說腹部受傷絕對沒救。旗手也知道這個，他明白自己即將拖上一段時間輾轉痛苦而死。

他馬上對看護旗兵說：「麻煩你請聯隊長來，我得親自把軍旗交還給他。」

旗手是個敦厚而勇敢的好軍人。他是聯隊長最親愛的部下之一，也是兵士們頂頂親近而又尊敬的長官。他給抬上擔架，在往後送的途中斷了氣。他望著抬擔架的士兵，問道：「一等兵，你可有太太？」士兵回答：「有的。」旗手於是微笑著說了聲：「真想到了南京再死啊！」便嚥下了最後的一口氣。

午後五點三十五分，在命令時限僅剩二十五分鐘之前，西澤聯隊終於完全占領了紫金山第一峰。第一個搶上山頭的，是平日不怎麼惹眼的一個樸直的、來自農村的補充兵。

他匍匐到敵軍突出的馬蹄形戰壕中央的一塊大岩石下邊。敵軍的手榴彈從岩石上面越過頭頂，全都落向後方，所以反倒很安全。他臥倒在那兒觀察著形勢。敵方在右翼遭受強襲的情況下終於把注意力集中到那邊。於是他向左邊繞過岩石，突然跳進壕裡。他把槍口抵到飛身撲過來的敵兵胸前，打呀，打呀。狹窄的壕溝，簡直就是一夫當關的形勢。敵軍魚貫著在壕溝裡奔竄，他就從背後一面追一面打。好像有個軍官被他斃倒了，就在這時，友軍排山倒海地洶湧而入。

山頂上的中國軍所加予中山門以及其他地方的砲轟一旦停止，迫近城門的各部隊立即展開猛烈的攻擊，當天晚上所有的城門都八字大開。裝甲車的突進，使敵軍的屍體在裝甲車的無限軌道底下被輾過、壓碎。

寂靜的夜晚降臨山頂，寒氣同著北風冰凍了這片新戰場。兵士們嚼著中國軍屍身上所帶的炒米，在寒風裡顫抖著睡眠。笠原伍長將三具敵屍重疊起來權充擋風牆，再把另一具擺到枕頭的位置上，對倉田少尉說：「報告中隊長，睡這兒不會有風。這傢伙死去沒多久，身上還是溫的。」

「這樣啊？謝啦。」倉田少尉笑著回答。他的感傷情懷已然消失得了無蹤影。笠原伍長又抱來三具敵屍，將之堆積起來，為自己張羅臥鋪。

腳底下的南京市街簡直就是一片火海。濃煙反映著烈焰，將夜空燒成通紅一片。

十二月十三日，西澤部隊通過連峰上的天文台下山，繞過城外進入下關火車站，來到碼頭，見到了睽違月餘的揚子江水。

友軍的城內掃蕩，要數這一天最為慘烈。南京防備軍總司令官唐生智已於前一日集合麾下的兵員，從挹江門逃往下關。駐守挹江門的是約莫兩千名廣東兵。照理，他們把守這座城門，不該讓守軍向城外撤退一步。而唐生智和他的部下硬是在卡車上架了機槍，突破城門逃往下關而去。

挹江門直到最後都沒有受到日軍的攻擊。城裡的殘兵蜂擁著從唯一的這道門逃往下關碼頭。前面是江水，沒有可渡的船隻，陸上又無路可逃。他們於是攀住桌子、木頭和木板門等等所能找著的一切漂流物，預備橫渡浩瀚的江流，逃往對岸的浦口。這些人潮為數大約五萬，真個把江面遮成一片漆黑。而當他們費盡九牛二虎之力抵達對岸之際，發現日軍已經搶先等候在那裡！機槍噴出火花，江面猶如受到大雨激打那般的毛刺起來。回頭罷，等候在下關碼頭的同樣是日軍的機槍陣。而給漂流江面的這些殘兵致命的最後一擊的，是來自驅逐艦的攻擊。

十四日掃蕩城裡。大街上到處都是脫下來扔在那裡的正規軍軍服。兵士們全都換上便衣混進難民裡去了。有些青龍刀和綁腿丟棄在陶瓷店樓上。要想處置真正的兵士是越來越困難了。

十五、十六日掃蕩城外。西澤部隊同著其他部隊於十七日正午在中山門外集結，進行南京入城式，幾十面聯隊旗排成隊伍，幾十架飛機給雲層落下影子，騎兵、步兵、大砲與戰車，依次通過中山門，筆直地邁入沒有居民的城中心。

西澤部隊占領了南京市政府，把隊部設置於此。高島部隊司令部設在中央飯店的石造大廈裡。高島部隊長偕同幕僚進入與軍官學校的庭園相毗連的蔣介石和宋美齡宅邸，那是一幢小而簡樸的兩層樓房，庭院裡的草坪霜枯了，綻放著紅色的山茶花。

9

有的部隊過江從浦口繼續向北挺進，有的則進逼到城外六、七里的南方去追剿殘敵，而駐留南京的兵士們，則難得的重溫到睽違已久的悠閒日子。

南京美術館裡連一件美術品都沒有，有的是堆積如山的大米。食米是短期間內不虞匱乏，蔬菜嘛，只要到城外的菜地裡，要多少就有多少。肉類是水牛和豬隻。下關一帶遍地都是中國軍扔棄的手榴彈，只要把這玩意兒擲入揚子江或是城裡的池塘，一口氣就可以獲得幾百條鯉魚。

「好肥的鯉魚呀，也不曉得吃下多少個支那兵。」兵士笑著烹調鯉魚。

兵士們拉著板車，一路吆喝著拖進南京市政府的側門，車上是四條腿被綁了起來的水牛。他們就在號稱代表性中國式建築的市政府塔樓底下剝水牛的皮。「今兒晚上就吃這玩意兒呀？」兵士們在太陽地裡騎著驢子，也不知有多高興地嬉鬧著。

追隨著主力部隊抵達的輜重兵，不知從哪裡弄來一口大水缸，命中國籍伕子燒洗澡水。大量的日本酒湧到了。洗個澡來兩杯。這麼一來浪花謠和流行歌全出籠啦。

中橋通譯和片山隨軍僧在與通信兵們並排的一棟房子裡分到了一個房間。不久火爐與煤炭預備停當。通譯從難民區帶來了一名中國青年。這個姓張的小伙子從前是一家飯店的廚師，人很善良，通譯親暱地稱呼他老張。「今兒晚上幫我們做點麵條吃吃好不好？」

姓張的小伙子於是用洗臉盆和麵，再從大伙房要來一塊牛肉，做了鍋牛肉麵。笠原和平尾相偕前來打秋風。片山隨軍僧湯汁滴到落腮鬍上，表示真想弄一碗給聯隊長嘗嘗。

「哎，我說『逆』（你），給我們帶幾個好『估拿』（姑娘）來嘛。」笠原哇啦哇啦笑著說。因為他所仰慕的那位女明星沒給他寄來簽名照，所以有點鬱鬱寡歡。雖然聽說京滬鐵路已經由軍隊著手開通，並已開始運輸，但這個部隊是一封信也還沒有收到。

輜重兵不知從哪家工廠找來了石油發電機。石油也有。出身工業學校的兵士試著開動機器。一天夜裡，市政府的各個房間陡然大放光明，大夥欣喜若狂。只是在嚴格的燈火管制之下，不得不給窗子蒙上黑布。

每天都有幾十架飛機飛臨城裡的兩座機場，敵機曾經有過幾次夜襲，卻都給一一擊退。

中山路的拐角地方開起了一家零售店，商品有罐頭類、香菸、酒、羊羹等等。駐守下關的兵士索性開著大卡車跑兩里路到這裡來採購，一買就是五十瓶一升裝的酒和一百條羊羹。

城外的守軍在挖掘地雷，用的是中國籍的伕子。伕子們膽戰心驚地挖著土，兵士們則離得遠遠地笑著旁觀。

留在南京的居民全給關入難民區，為數據說有二十萬，其中似乎混雜著千餘名正規軍。其他市區裡幾乎不見中國人的影子，只能看到日軍在大街上蕩來蕩去，為的是到零售店買東西，以及四處徵用物資。

笠原伍長經常和中橋通譯一起外出徵用物資；冷得睡不著，找床鴨絨被來蓋蓋罷，弄雙拖鞋來營房裡穿穿，甚至看看有沒有好看一點的姑娘玉照什麼的——一種奢侈的徵用。而大街上所有的店鋪，掠奪的痕跡真叫慘不忍睹，大南京稱得上物資的東西，要不是早已搜括一空，便是亂翻得天翻地覆，要不然就是被火燒成了一堆瓦礫。

走在如此荒廢的大街上，倉田少尉打心底裡感慨萬千。晚餐席上，同小隊長們喝著酒，他說：「以南京市來說，損失的財富何止幾十億。撇開戰爭的勝敗不去說它，我可是打心底裡感念這場戰爭不是在日本國內打的。國家的資源和財富喪失、良民塗炭、婦女吃盡苦頭，想想看，這種慘況要是換上國內，你們將有何感想？」

一名小隊長於是回答：「我認為南京是沒法復興了。你瞧，三分之二已經燒得精光，那些個廢墟是一點辦法也沒有啦。說實在的，打敗仗的一方真是悽慘，一點輸兒都沒有。我心想，戰爭這玩意兒真不能隨便打，要打嘛，說什麼也要打勝仗才行，即使借債借到孫子那一代也要打贏才好。」

一名士兵敲門進來，立正行了個舉手禮，稱呼中隊長。倉田少尉立刻起立，同樣地正起了姿勢。

「報告—：步兵一等兵深間內三郎今天奉命出院歸隊。」

「唔。」

「報告二：步兵一等兵深間內三郎從十二月二十二日起升為上等兵。報告完畢。」

「噢，恭喜你啦。」倉田少尉這才綻開喜悅的笑容說道：「傷勢已經好了？」

士兵動動右手的關節說：「還不怎麼爽利，不過，醫官說只要多活動活動，慢慢就會好。」

「這樣啊？那真是太好了。你是一名擲彈筒投手不是？」

「是的。」

「嗯，暫時不要拿重東西，讓戰友幫你拿吧。」

「啊。」

「怎麼樣，一起來兩杯？慶賀慶賀你康復。」

倉田少尉親自遞給他酒杯，為他斟酒。士兵依然站立著受過酒杯，忽然輕鬆和藹地打開了話匣子。

他是在麒麟門那場戰鬥中受傷的。南京一陷落，日軍便占領了軍官學校斜對面的一家大醫院，把所有的傷兵收容了進去。

這天，他因為發燒和傷口疼痛正在那裡痛苦呻吟，一聽看護兵說有五十多名敵方的殘兵給解送到醫院門前，於是嚷了聲：「媽的，我去宰掉他們！」說著跳起來，從二樓奔下樓梯，來到門口。穿著灰色軍服的殘兵陸陸續續到來。他手上沒有武器，向大門的衛兵借刺刀，人家又不肯借，他只得用左手打了一名中國兵一巴掌，再抬腿踢上一腳，這才返回病房。

「回去的時候根本爬不動樓梯，只好由別人抱著拖著爬回去。」他笑著立正敬禮，然後離去。

倉田少尉又弄來一枝鉛筆，記起了睽違已久的日記。曾經嘲弄過他「還能活著看這日記嗎」的古家中尉負了傷，多數部下也已陣亡，他居然還能活下來在市政府的一間廳室過著悠閒的日子，記這日記，多麼不可思議。如今，他已不再焦急著赴死，情感上也不再被擾亂到無以自持的地步。他的心情穩定下來，變得柔軟而仁慈，他感到心境的開闊和安定，他終於對自己的行為有了自信；作為一名軍人、作為一個國民，在身負沉重的義務而行動的情況下，於心境上，他終於能夠釋然的盡情去做好。這並不是像近藤一等兵那樣向戰場妥協，而是肯定了戰場，並且從這裡產生了一種安定感。再就是由那種出乎本能對死亡的不安而來的、急於赴死的意念，也就是他對自己過往人生的那份執著，已經蕩然無存。這並非他已達觀而理論分明地看透了生與死，而是長久以來在藐視敵人的生命中，不知不覺間也輕看了自己性命的一種極為直觀的自然心理狀態。無論如何，這種心理上的變化把他塑造成一名威武堂堂的軍人，雖以少尉職位代理中隊長，卻已十足地具備足堪兵士們信賴與尊敬的分量。

相形之下，近藤一等兵則把戰場客觀化，繼而向之妥協，而正因為不像倉田少尉那樣認真地苦悶掙扎過，心情上也就沒有多大的變化；先是對戰場的客觀不再感到新鮮，在匆忙的爭戰生活當中，知性逐漸鈍化，末了惡性的習慣於戰場上的一切，成了個做起任何事來都缺乏認真的怠惰兵油子。他是淨對兵油子的壞毛病發生興趣，很快學會他們那種墮落，猶如一個認真用功的好學生自娛的看著自己一點一點的變成不良青年那般，誇口我也會四處去獵豔，找些姑娘來玩玩、我也能夠故意從支那兵屍身上踩過去、我照樣可以放火燒街上的房子。每次到零售店買東西，哪怕只是一個罐頭，他也要抓住路過的中國人，命他拿著罐頭一路跟隨著來，抵達營房，再賞他一巴掌，叫他回去，近藤自傲地認為這才是戰場上的做法。

比較起來，笠原伍長倒是學會了勤快，除了胡搞一通以享受一下戰勝者的自由以外，倒有一份善良，肯於四處奔波去徵用各個房間所需的煤炭和擀麵條用的麵粉，要不然就帶著手榴彈到遠處的池塘去炸魚，用捉來的鯉魚讓餐桌上的部下吃得開心而熱鬧。或許他具備著強韌的性格，不至於被戰爭的任何經驗所影響，不定戰鬥結束的那一天、和平降臨的時候，他已然回到本來的自己，恢復原先那種粗暴樸直的生活方式。

至於平尾一等兵，南京一旦和平，他便已開始陶醉於他獨個兒的心境裡。若他也是回到了本來的自己，則或許可以說他只是把戰爭視作他那浪漫情懷的奢侈的食餌而已。感情豐富容易波動而敏感如他，受外界的影響倒是還不至於深及骨髓，可以說對於外來的衝擊，他那敏銳的感情具有緩衝板的作用。

他把日晷擱到窗台上出神地凝望著。他悠然的，自以為已經領略到游離了政治與文化的中國大老那種心境；這才是真正實踐性的無政府主義，與大自然共生死而具有原始性的自由、和平與滿足罷。而思緒飛躍及此，他的心情於是得到了滿足。他跑到大街上，看到中國人就賞給對方一根香菸，拼湊著貧乏的單字享受一番洋涇浜會話的樂趣，再灌它幾杯酒，大吹大擂地憐憫著蔣介石的末路。

而來到此地以後突然變得貪婪起來的是片山玄澄。他趁著遣送骨灰到後方的機會造訪高島師團長，請他在不知從哪兒弄來的畫絹上揮毫一番，帶回來向中橋通譯炫耀。「皇軍既開中山門，南京兵火夜夜紅，舉大杯而望故鄉，政廳樓上弦月傾。」他又跑進已經成為空屋的骨董店去看看可有什麼意外的收穫，要不就到寺廟裡去轉轉，搬來鍍金剝落的小佛像，偏著頭尋思大概是時代相當久遠的東西。

獲得軍方許可，上海的日本商人一個接一個混到南京來，在此地開起了零售店。他們獲准使用坐落在中山路街角一帶的中國店鋪。紅豆湯圓、關東煮，兵士們趨之若鶩。為了吃一碗紅豆湯圓，他們可以走上一里路趕到這裡來。南京雖大，中國店鋪可是一間都沒有。除了營房裡的三餐，要想弄到食物，捨這些零售店之外別無他法，商人們看準了這點，供給的食物既簡陋又粗糙，一碗十錢的紅豆湯圓，許多兵士吃到一半就擲箸放棄。

居住難民區的中國人生活物資匱乏，領取良民證到這裡來採購的逐漸多起來了。他們掏出鈔票請求購買，商人堅持不賣，一面揮手趕他們回去。買不到東西的中國人困惑之餘，成群的聚集在零售店前面，他們頭戴帽、身穿長衫、垂著長長的袖子佇立在那裡，呆呆地望著兵士們啃羊羹，喝汽水。被征服國民的慘況在此表露無遺。

兵士們倒是對中國人的一塊銀圓感到興趣，認為可以帶回去當禮物送人。他們表示願意以五十錢交換，中國人就高興地伸過手來。他們用換得的五十錢日幣來買金盤牌香菸，一盒五錢，買個十盒，低頭鞠躬的回到難民區去，然後就在那兒做起了生意，他們以一盒十二錢的價錢將那些香菸脫手，一進一出之間淨賺七十錢。在有錢買不到東西的難民區，一切的物資都以高價買賣。他們手拿一只玻璃杯，站立街頭大聲叫賣：「喏，一個二十錢，要不要？」有的把枯黃的蔬菜排列到石板路上兜售。難民區是有錢也跟叫花子差不多。

難民區屬於國際機構所收容，界線口上有站崗的哨兵。難民領取良民證，佩上太陽旗臂章之後獲得釋放。他們在街頭轉上一圈，這才發現已經無家可歸，也沒有糧食，到了傍晚，只得重返難民區。他們寂寞地搖著頭，心想，不行啦，這樣的話，倒不如待在難民區還好些。

經營零售商的日商們真正的目的不在於零售店本身，他們要的是中國鈔票。腰包裡塞滿了紙幣的那干中國人、日本兵也存著一些以為紀念。要說國民政府既已垮台，這些紙鈔豈非形同廢紙？中國人和軍人都有此看法，那麼，日商就以極低的價錢大量搜購，以兩、三塊洋錢去購買十塊銀圓，然後帶回上海。在上海，一個銀圓仍舊以一圓十錢日幣通用著，真個是手法利落的「炒銀圓」。何以國民政府垮台了，一個銀圓的幣值依舊高過一圓日幣？原來這兒存在著國際金融的玄機，經濟的中國並沒有被征服。而這干狡猾的商人轉眼之間成了暴發戶。武力鬥爭已然轉變為經濟鬥爭。不久，憲兵隊開始對這種行為展開嚴格的取締。

軍方為了日本兵士需要而於南京市內開了兩家慰安所，以排遣他們健壯而被無聊所苦的肉欲。笠原伍長和近藤一等兵一塊兒步出市政府營舍。市內已經安穩得用不著帶槍而行。除了偶爾有那麼一、兩個正規軍從破落的房子裡給發現，因汙垢而顯得花斑的臉上帶著失神的表情被拖走之外，此地可以說是幾無危險的市街，一個只見軍人來來往往的空虛都市。

他們鼻子裡哼著歌行走在太陽地的人行道上。市區裡隨處可見從難民區釋放出來的所謂良民，跑進空房子裡去搬人家的餐具、衣裳、食油和醬類的東西。他們彼此你拿我的，我搬你的。有個老嫗用扁擔挑著偷來的衣服，扭捏著纏了小腳的步子，顫巍巍地走在路上。叫住她，吼問一句：「喂，妳那是偷來的罷？」老嫗立刻「是、是」自語著，把挑子擱到路旁，逕自離去。

難得看到年輕女子橫越街頭，笠原忙著呼喚：「哎，『估拿』（姑娘）！」女孩連忙邁動纖腿，小驢子也似地小跑著逃開。

「啊哈哈哈，小妞兒溜走啦。」笠原暴君一般趾高氣揚的笑著。

大馬路上仍然可以看到橫在那裡的屍首。隨著時日，這些屍體逐漸變黑而且萎縮下去，到了夜晚，經過貓狗啃咬之後，第二天顯得更加瘦癟了，其中之一已然變成骸骨，頭上卻依然長著毛髮，而只剩下骨頭的小腿上盤了堆綁腿，屍體老舊到這種地步，看起來也只像一堆垃圾而已。

「哎，近藤，你瞧這傢伙腳底下穿著靴子哩，小子還打算開溜呢。啊哈哈哈。」

偶然經過的香菸鋪前面，躺著蒙了張草蓆的屍體，四周圍繞著五、六隻目光炯炯的貓，這些畜生滿眼戒備地瞪視著街道，個個鼻頭上血紅地溼潤著。

然而，貓和狗都在挨餓。大街上到處都是被汽車壓扁的貓屍；飢餓得搖搖欲墜的貓兒，連躲閃的氣力都沒有了，任由在無人的大馬路上橫衝直撞的汽車撞倒、輾壓。

笠原伍長和近藤一等兵繞到零售店去喝了瓶啤酒，然後前往慰安所。百把個兵士在路上排成兩列，插科打諢地笑鬧著。巷口裝上了鐵格子門，站立著三個中國人，門上有個小窗子，算是售票口。

一、售票時間：日本時間自正午至午後六時。

二、價格：櫻花一圓五十錢，唯須用軍票。

三、規則：各自進入所望人家，交出軍票後等候接待。

兩個人在窗口買了票，加入長長的等待行列裡，每從鐵格子門裡邊出來一個人，就換下一個進去。出來的那一個繫著腰帶，衝著行列咧嘴一笑，然後搖晃著肩膀踏上歸途，這便是受過「慰安」的表情。

走進巷子，兩旁排列著五、六間小房子，各有一個女人待命著。女人全是中國姑娘，剪短了的頭髮，面頰上搽了胭紅，到了這種節骨眼兒，她們竟然還有餘情塗脂抹粉。她們以半個小時為單元，先後去陪伴語言不通、也不知身分來歷的敵對國這般前來尋歡的軍人。為了保護她們的安全，步槍前端上了刺刀的憲兵，特地在鐵格子門的入口處站崗。

歸途中，他們的心情反而變得鬱鬱寡歡。

「閣下覺得怎麼樣？」笠原伍長順手撕下街角的傳單，那些傳單上面寫的是「有錢出錢，有力出力」、「打倒漢奸」和「中國青年再不奮起，尚待何時」。

「沒什麼意思。」近藤憂鬱地笑笑。

「為什麼？」

「到底缺乏那麼點情意。」

「傻瓜！這還用說嗎？」笠原跳過一具差點將他絆倒的屍體，哇啦哇啦大笑。

平尾一等兵幾乎每天都要跑一趟慰安所，回來就向戰友吹道：「我可不是去嫖妓女，可知道這個詩句？商女不知亡國恨，隔江猶唱後庭花。告訴你，我是跑去慰安那干亡國女。」

日日夜夜都有火災發生。雖然明文禁止兵士們任意放火，但只要登上塌陷的城門望過去，總有五、六個地方在燃燒。那是自生自滅的火災，有瞧熱鬧的人群、卻沒有救火的十足的火災，末了連觀望的人也沒有了，在杳無人跡的後街徹夜燃燒的火災，反倒更顯得悽慘。

那是敵方便衣隊放的火，特地在駐軍附近縱火，以便作為空襲的目標——這種風聲不脛而走。這麼說起來，火災真就多半發生在駐軍的營房附近，而幾乎每隔一天，敵機便專等著拂曉前來空襲，但熟睡中的兵士們始終不在意。被吵醒的士兵咋咋舌抱怨一聲「煩死人了」，便吱喲著臥床摸索出靴子，拖拉著腳後跟到市政府中庭搭著石橋的池岸去小便。只見翅膀底下亮著燈的三、五架飛機，以驚人的速度掠過微暗的星空。儘管分不出孰是敵我，士兵還是佩服的心想「好壯觀啊」，然後慢吞吞地爬回被窩裡。

10

年關來臨，接下去是過年。是湊合了松飾與年糕的一個簡陋寒酸的元旦，但酒卻供應充沛。

沒有值勤的兵士們大白天就喝酒，歪在床上耍嘴皮、唱歌以打發時間。二十天休養下來，無聊得發慌的時候，他們開始時常想起家鄉的一切。隔著一層牆壁，同室的中橋通譯、片山隨軍僧和張姓小伙子，不時聽到鄰室通信兵們粗獷的閒扯。

「我操，好想回家哦。」

「真想回家哦，我那老婆不曉得在做什麼。」

「傻瓜，有什麼好擔心的？人家早就養了漢子啦。」

「你鬼扯淡，我家那口子每天早晚都翹著頭盼我回家呢。」

「你個傻瓜、蠢驢兒、呆頭鵝，人家早把你小子塞到供案的角落裡去了。不信，你看看，不是一直都沒來信嗎？」

如此這般的元旦。太閒了，兵士們反而焦躁不耐。信件不來，報紙、慰問袋，一切的一切都不見影子，然後是各種各樣的流言四處傳揚。

據說下關的軍艦接獲無線電，得知大阪發生了大震災，大火從元月二日早晨就燒個不停——一種繪聲繪影的流言。而正因為誰都弄不清真偽，流言於是越傳越廣，又由於無從確定真偽，也就在不知不覺之間自行消失而去。接下來的流言是部隊可能會移動。也許就要凱旋歸國啦。不，要去的地方是杭州。廣東。不過，看樣子準備跟英國開打，所以八成要到香港去。可是新聞記者又說要重回華北。總之，部隊要移動是錯不了的；醫院裡的傷兵當中，連不久就要出院的輕傷者都大批大批地後送，這便是最好的證明。

事實上，傷兵正在一批接一批遣往後方。每天都有紅黃色的大卡車排列到中央軍官學校一旁的病房前面來。傷兵們穿著白色棉襖，頭戴帽子坐上卡車。卡車三、五成列的馳向下關碼頭。車上的兵士們豔羨地望著在零售店附近閒逛的士兵，不勝稀奇地打量著首次通過的南京街頭，再穿過挹江門出城。醫護船等候在碼頭，載著他們順著長江而下。

部隊要移動的消息大概是真的了。出發之前真希望能夠接到家鄉的來信。在兵士們這股熱望之下，部隊決定派人到上海的運輸部門去看看。趕巧片山隨軍僧預備護送一百八十三具骨灰到上海的西本願寺別院，再同著骨灰返回日本一趟，他將同著兩名警衛兵一起出發。隊上獲得了隨著片山隨軍僧一行人前往上海尋找信件的許可。而近藤一等兵與平尾一等兵於元月四日早晨接獲這道命令，兩個人遂於五日清晨跟隨遺骨上路。

下關碼頭上，警衛兵役使著一百五十名中國伕子從事裝載貨物的工作。伕子們一早一晚兩頓吃的是兵士們的殘羹剩飯，每隔五日各自分配到五十錢和一盒香菸，他們哇啦哇啦的聒噪著，以烏漆墨黑的模樣扛抬著貨物。醫護船的船艙分成上下兩層，鋪位緊挨著鋪位的排列著，是漆成亮黃色的一般輕快的船。遺骨給安放在用白布蒙起來的艙房裡，這才得以供上像個樣子的香和花。

這天傍晚，船開始順著江風冷瑟的揚子江下行。濁流漫上岸，岸上的建築物全給燒毀了，好一幅淒涼的江埠夕景。掃雷艇正在清除水雷；江上航行還不算安全。醫護船亮著成串的燈光，在暮色初降的江上靜靜地順流而下。傷兵們分配到潔白的病床，個個進入安憩的夢鄉裡。

次晨，抵達鎮江。醫護船加載了三十幾名傷兵繼續東下。到得上海，是元月八日的黃昏。

虹口一帶幾已儼然一片繁華鬧區。儘管入夜施行燈火管制，街頭巷尾有陸戰隊在站衛兵，滿載全副武裝兵士的大卡車頻繁地來來往往，大白天卻有成群的陸軍兵士到吳淞路一帶的日本商店去買東西，而自黃昏時分起，背後那條乍浦路上林立的酒館、咖啡館、電影院、酒家、小吃店一帶，便聚集了大批的軍官和士兵，吃喝瘋鬧。他們全是打完仗從前線回來休養的部隊。到了深夜時分，餐館黑暗的門前排列著軍車，這兒是軍官的慰安所。喝醉了的士兵入夜想上這裡來，都因為客滿而無法遂願。而戈登橋從中央一分為二，那一頭由英國守備，這一邊是日本守備，兩國衛兵森嚴地並肩站立橋當中。橋的那一邊，寒天底下被趕出虹口的難民們，飢餓而又無家可歸，赤足徬徨人行道上，成群的在路旁顫抖。傳言青幫洪幫的巨頭全已跑到香港，失去了頭目的手下遂成為恐怖暴力組織，經常投擲手榴彈。

在等候隨軍僧於西本願寺處理完遺骨事宜的三天期間，平尾與近藤得空逍遙一番。

到此，近藤的心緒又開始錯亂起來了。一住進客棧，他得以泡進澄淨的熱水裡洗澡，直挺挺的躺到榻榻米上，再以紅漆托盤的酒飯用餐。在一旁侍候用飯的是日本姑娘。在乍浦路的酒館，還能夠以奢華的中國料理做下酒的菜，品嘗氣味芳醇的威士忌。他於是重新發現生命的價值，那是長久以來蔑視慣了的東西。電影院裡擠滿了軍人，放映中還穿插了俄國女人猥瑣挑逗的豔舞，他便跟著大夥兒的尖叫拍手起鬨。他同時也得以享受情欲活潑的甦醒。酒女坐到他膝蓋上摟著他脖子唱歌。他起身，攬著曾經做過舞女的女人配合著唱片，響動著軍靴跳舞。這兒充滿了令人懷念的都市化歡樂。儘管外灘和楊樹浦一帶，燒毀了的房屋殘骸依然保持著悽慘的靜寂，但這虹口一帶，戰爭所留下的痕跡早已蕩然無存。而在此地，生命受到了尊重；在法律、道德、宗教，甚至良心的規範之下，你不許去碰觸別人的生命，你的生命同時也享有一樣的對待。就這樣，他的醫學這也才受到敬重。

他喝著，把頭靠在牆壁上，彷彿在聽遠處的風暴那樣，漫然的耳聞著兩個上等兵在角落裡爭論個沒完，一面深深地心想：「啊，我還活著，不容易啊，居然活了下來，能夠活下來，真是太令人感念了。」

然而，那些陣亡的人又該如何？

陣亡者在戰場上輕易地丟掉了生命，那是無可奈何的。不過，他們死後，對於他們亡故了的生命，同胞們不是寄以充分的尊敬嗎？

話是不錯，問題是他們再也沒法坐在榻榻米上面對紅漆膳盤飲酒，也無法到夜晚的歡場去尋歡作樂了。這該怎麼說？

他們為了國家揚棄了這種私生活，因此，國家與國民遂以最大的禮儀來祭祀他們亡故的生命。

環境一旦從戰場回到繁華的鬧區，或許由於用不著再向戰場妥協，近藤一等兵似又恢復了近藤醫學士那份知性。他很想就著這個道理追究下去，但在他開始追究之前，立刻就已領悟到一個事實，那就是這是個絕對無法解決的問題，解決的方式，唯有各時代的各社會狀況，以因應的方針從事；總之，這個問題無疑是個人主義、社會主義與法西斯主義三條路的分叉點。

他垂著頭閉上眼睛，得以深深的考量自己曾經經歷過多大的生命風暴。他感覺到幾乎令人眼前發黑的一股恐懼的戰慄掠過他的背脊。於是忽然之間，他自覺到對自己生命的強烈執著油然甦醒，使他心中發熱，這使他感到害怕。

平尾咕嘟咕嘟灌著酒，一面傾聽著鄰桌三個非軍人顧客的談話。其中之一是領事館員，其他的兩個則是搭乘今天的聯絡船剛剛抵達此間的長崎來的商人。也就是說，這兩個商人輾轉託人索要到了給這位領事館員的一紙介紹信，帶著大批禮物，打算在此地大大地撈上一筆，今天晚上便是請他到酒館來吃喝一番，做做關係的。

居住虹口一帶的中國人全已撤退，房子都成了空屋。來自日本的商人獲得領事館許可，就可以占有這個占領區內的空房子開店。他倆正是抱著這種企圖而來。不止是他們，大阪以西的商賈擠滿整條聯絡船，正在一窩蜂擁向上海而來。虹口的日本商店一天比一天增多，日本產的所有物資也隨著洪水一般地流進來。上海的武力鬥爭已經結束，武力鬥爭原就為的是打開經濟鬥爭的瓶頸，如今經濟鬥爭等不及武力鬥爭終結，便已再度展開有利的爭戰。這兩個商人這天下午轉了圈市區，找好了合適的房子，不用說那原是中國人的房子，裡面還留有大批家當。他們預備強行打開釘上了釘子的大門，將房子變成自己的店鋪。

領事館員講了個小故事。昨天有個中國人前來找剛剛開店的日本人，對他說這是他家，裡邊還有不少家當，要日本人搬出去。日本人當場反駁他：「你說什麼！告訴你，這是占領區欸，虹口一帶所有的建築物都在日軍管制之下哩，你還是趁早滾開吧。」中國人只得悻悻然離去，一面依依不捨地頻頻回頭。

聽到這個，平尾陡的因戰敗國民那份哀憐而止不住眼眶發熱。戰場上懷抱著稚子倒在堤下的婦女、趴在母親屍身上哭泣的女子，所有慘絕人寰的景象一股腦兒在他記憶裡鮮活地甦醒過來。

他擱下酒杯站起，預備到坐守帳房的女老闆那兒去向她壯言豪語一番。

自各地的戰線聚集了來安置在西本願寺別院以及其他地方的遺骨幾達兩萬具。即或一條船裝載四百五十具，輪到西澤部隊的骨灰踏上歸途，最早也要到四月裡。

聽說這個情形之後，片山隨軍僧決定先返回原部隊一趟；總不能巴巴地在上海枯等到四月。於是同著找來大批郵件和慰問袋的平尾與近藤，於元月十二日早晨從北站順便搭乘一列貨車向南京出發。

貨車滿載著寄送給駐紮沿線的各部隊的郵件與生活物資，司機是大阪鐵道局派遣來的鐵路員工，他們以八成加薪，組成三百數十名的團體前來。車掌打著綁腿，身佩軍刀，每到一站，便把郵件卸下。

列車橫越黎明瀰漫著霧靄的田野，咣咣噹噹地搖晃著奔馳下去。北站以西，全是一片荒涼的戰後那種寂靜。上海市郊的大學校園裡排列著砲車，枯萎成鏽紅色的棉花田裡，喜鵲展開長長的尾巴，敞露著雪白的肚皮飛翔。

同車的兵士說：「我是九州人，這種鳥兒我們家鄉也有，聽說朝鮮那邊才多呢，太閤[4]征伐朝鮮凱旋回國的時候，那鳥兒跟了去，就在九州定居下來啦。我們的九州管這種鳥兒叫勝利鳥。」等到中日事變結束，日軍返國的時候，這些鳥兒是否又會跟隨著軍隊東渡到日本全國去呢？可預測的是起碼中國的文化總會隨著復員部隊，或多

4　「太閤」為攝政或太政大臣的尊稱，亦為豐臣秀吉的俗稱。

或少地流傳到日本去罷。戰爭勢必可以招致兩國之間的某種融合。

田野裡升起了旭日。大場鎮、南翔、安亭鎮等等所有的村落都被破壞得面目全非，只有豎立駐軍營舍的太陽旗顯示著那底下住的有人。然而，農夫已經開始在耕地裡做活兒。河渠上遮滿了褐色的水草，一層薄冰上漂浮著中國軍的屍體。而農夫們竟然長竹竿上綁個網袋，就在那屍體附近撈河渠中的魚。

近藤與平尾將車門椏開一條縫兒，裹在毛毯裡眺望著戰場的風景。平尾嘴裡始終哼著歌。十里風腥新戰場……劍已斷，馬已折，秋風埋屍舊山河……雪地進軍履冰霜……勇誓凱旋離家園……無疑的，這些歌準是他觸景傷情，將自己這種心境假託上去，又屢屢被歌詞撩撥著實感，從心底裡唱了出來。不過，他的浪漫情懷總是這樣，藉著唱這些歌，他觸景傷情的程度遂告減輕，減輕到僅僅輕拂皮膚而過的地步。想來車抵南京下車時，他怕已忘懷了這一切，即或記得，也只是偶爾拿來當作壯言豪語的題材，如是而已。

倒是一度淪為惡性的兵油子、陷入怠惰的近藤一等兵，如今反而有意認真地去觀看事實。

沿著鐵路相隔百多公尺，便有中國兵的屍體三兩成堆的挺在那裡。有的乾癟地仰臥鐵軌旁邊，列車過處，將漫天的灰塵撒在他的臉上。有的從河堤上滾下去，在楊柳樹根支撐之下任由野狗噬啃得面目全非。而耕地上，儘管砲彈坑裡結著一層白冰，和煦的亮日卻已普照大地，勾畫出一幅和平肥沃的農村風景。有一列貨車受到空襲，千瘡百孔的倒在沿線上，鐵橋塌落水中，在簇生著某種綠色植物的耕地裡，馬屍上的肉全給啃光了，只見白裡帶紅的肋骨宛如張開五指那般齊齊地突向天空。已然無肉可啖的野狗九、十成群的將牠們飢餓的身子橫躺在山丘上的太陽地裡。而農夫們業已在耕地上翻土，沿線衛兵則三人一組的跨過屍體，以一副悠閒自在的神情若無其事地走在鐵軌旁邊。車過崑山，再過蘇州，吃完冰凍的午飯，喝下水壺裡冷冽的水，然後抵達了無錫。從這兒開始已是他們戰場的痕跡；記憶裡無錫郊外的風景、橫林鎮、常州。一路上隨處可見點點遺屍。

如此老舊的屍體簡直和垃圾沒什麼兩樣，甚至讓人覺得要將它稱之為人，未免老舊枯乾如朽木。然而，近藤忽然對他們興起一絲近乎情愛的心緒，他無意合掌為他們祈求冥福，只是從他們死朽了的模樣裡感受到某種平安。屍體於天寒地凍的半夜裡同著血液一起冰凍起來，碰到朝陽便又隨著脂肪一塊兒融化，即使在這樣的腐化過程中也不改變一下姿勢的這些陣亡者，毋寧是已然走進出乎意料的一種安詳世界裡？擺脫嚴厲的軍律、擺脫身不由己的爭戰；他們可是從一切的束縛中掙脫出來，如今躺臥在寧靜安詳的和平之中？這是悲劇呢？還是喜劇？毋寧說這或許是近藤本身的一種感傷。也許他是不容存有這種感傷的。偏他又開始意識到自己的存活，意識到存活下來的痛苦。在上海的酒館與酒女對酌的時候，他曾經深深感念活著的可貴，一旦前往南京歸隊，活著的窒悶卻又重重壓上心頭而來。這正是倉田少尉一度渴望激戰、渴望戰死的那種心路歷程，近藤是這才踏上這段歷程。也就是說，自從到上海遊玩之後，他開始對生命感到執著；置身戰場而有意珍視性命。他很明白不應該這樣，要命的是腦海裡老是幻影一般的浮現在大學研究室埋首鑽研醫學的自己那份和平與快樂。

從奔牛站上車的三、四名鐵路衛兵正在他背後起勁地聊著，對象是搭便車的日本平民。

「怎麼樣？國內可曾聽說戰爭就要結束之類的消息？」

「這個，我不知道哩。」

「嗯，那麼，有沒聽人講要把後備軍人調往前線替換什麼的？」

「誰知道，我完全沒聽說。」

「嗯。我們不像那般現役軍人，我們全都有家有道，喏，大夥兒都說要是仗已經打得差不多，真希望早點把我們換回去。」

「可不是嗎？」

據這個年近五十的平民說，他是最近率領一批日本女人到此地來的。在突如其來的一紙命令之下，他以三天的時間從大阪神戶附近召來八十六名商女，先出預支給她們的款項，把她們從長崎帶到了上海。他將她們分成三班，分別帶往蘇州、鎮江和南京。合約是三年，看情形也許會把回國期限改成一年或者兩年。據他說，由於事前經過嚴密的健康檢查，條件又優厚，這些女人都很高興。想必吃的是煙花飯的這個看似刁鑽的男人，穿著單薄的外套，一面發抖一面說：「南京嘛，三、四天前就有藝妓開始做生意啦。有四、五個罷，原來待在漢口，一度逃回長崎，現在到了南京。滿年輕、滿好的妞兒。」

這人以「這一類的內幕我全知道」的模樣不住嘴地聒噪下去，兵士們則「噢，噢」的呼應著，一副不勝佩服的樣子。車過丹陽，抵達鎮江時，夕陽已經開始西沉。

他們蜷縮著身子睡在貨車車廂的最裡邊。到得下關火車站，天已經完全黑下來。他們接著用兩部大卡車滿載著郵件，奔上從這兒到市政府之間的兩里路程。

「喂！信件來啦！」

崗所頓時活絡起來迎接他們。平尾與近藤前往倉田少尉的屋子裡做報告。第二天早晨，兵士們領到了暌違已久的家書，以及新的毛巾、兜襠布和襯衫，度過了開心熱鬧的半日。

回到前線，所接觸的淨是些血腥的消息。

前天下午到城外去徵用蔬菜的兩名士兵行蹤不明。軍方遂動員五十名士兵，自昨天一大早起，對估計那兩人到過的那一帶民房做地毯式的搜索。

他們在其中一個人家的垃圾堆裡發現了記憶中兩名士兵之一所持用的香菸盒，看來他們準是慘遭殘殺，被扔進池塘還是什麼地方去了。

兵士們立刻把附近民房所有的中國人抓了來，威脅說如果不坦白是誰幹的，就要將他們悉數殺光。行凶的是五名漢子，不用說他們當場被處刑。

笠原把行刑的情景說給近藤他們聽。

「我說，那就跟用棒子去掄打裝了水的橡皮球一樣。一棍子打下去，噗克一聲，血就吱吱吱冒出來啦，流出來的血還在冒熱氣哩。」

昨天下午，中橋通譯到西服店樓上去找用來裹脖子的領巾。西服店被洗劫一空，二樓匹布不存的剪裁檯底下躺著赤裸裸的兩具女屍。鐵門半關的微暗地板上，屍身的肌膚那份白，顯得分外浮突。其中之一的乳房，猶如被挖了一把那樣的讓貓啃掉了。通譯拿她們的衣裳蓋到屍身上。「這女的有個奶娃兒呢，管保因為身上有奶香，所以惹得貓來吃。」通譯說著吐了口唾沫在地板上。

部隊似乎終於要移動了。攜帶口糧依次分配了下來。乾麵包、乾味噌、袋裝生米。聯隊大行李已經開始打點。儘管長期的休養已經使兵士們感到無聊，但一旦決定移動，卻又免不了希望在南京安頓下來多玩幾天。

這一次要移動到什麼地方去？仍然沒有人知道。

11

「我說平尾，咱們泡藝妓去。」

「藝妓呀，你是說漢口來的那一批？嗯，你小子知道她們在哪兒？」

「知道啊，我去向今日零售店的老闆打聽來的。」

「在哪一帶地方？」

「就在零售店附近。」

「去是可以……等等，我去借把手槍來。」

近藤有些意氣昂然，毋寧說有幾分焦躁。他用右拳咚咚作響的敲著腦袋等候著。

為了走夜路回來時候以防萬一，平尾特地去向通譯借他那把從中國軍手上奪來的大型老式毛瑟槍。

「你那把手槍借一下可好？」

景。

通譯正在和笠原伍長以及隨軍僧聒噪著大聊紫金山的激戰與聯隊旗手陣亡的情

「你現在要上哪兒去？」通譯身上穿著徵用來的一襲紅條紋毛巾料子女用睡袍。

「唔，泡藝妓去，你小子乳臭未乾不能跟。」

「喂，一等兵！」笠原發出出乎意料的叫嚷：「誰准許你去的？」

「不得准許也沒關係。」

「混帳！你難道不明白沒有下士官帶領，是不得泡藝妓的？……」

「不知道。可我想沒有這回事。」

「誰說沒有？單單你小子是不得外出的，要是有笠原伍長帶領就可以。哈哈哈哈，喏，咱們這就走吧。」

在通譯的調侃之下，兩個人走出屋子和近藤會合。碰到這種情形，彼此得撇開階級的差別自由自在的玩樂，這是兵士們的常規。三個人步出向晚的營門走到大街上。晚飯後幾乎不見在街頭行走的大兵影子，除了遠近兩三處來自火災的光亮之外，可說是了無燈光的黑暗市街。

距離零售店有千把公尺遠。笠原和平尾一路走一路閒聊，只有近藤一個人落後那麼一步，沒有加入他們的扯淡。雖然不嚴重，但他的頭不舒服的隱隱作痛。好像是感冒了。他一直很想再去一次上海。路兩旁的房子大都已經燒毀，一陣風吹來，只聽見垂掛屋簷底下的洋鐵皮叮噹作響，霓虹燈的玻璃燈管破碎中唏哩嘩啦的掉落到人行道上。星辰明澈，空氣開始凌厲的寒冷了起來。

零售店已然關起了大門。他們於是從中山路拐向左邊。裝甲車掀起沙塵馳過杳無人跡的這條大馬路。接下去是軍官學校長長的院牆黑黝黝的連綿下去，磚牆上一字排開的大字，在暮闇中泛白的浮現出來：

要恢復民族地位，必須要固有的道德做基礎，忠孝、仁愛、信義、和平是中華民族固有的道德。總理遺訓。

提倡國貨發展實業是富國裕民的根本辦法。新生活運動是復興民族運動。國民要以「實事求是」與「日新又新」精神，厲行新生活。蔣委員長名言。

走到圍牆的盡頭，近藤再度左轉。好像就在這一帶罷，找了找，很快就找到了。路一旁是完全崩塌的一長排房屋，另一邊則完好如初。其中的一幢房子裡亮著燈，是幢頗為氣派的建築，大門半閉，中庭花木修剪成圓形的地方，有棵臘梅開滿了花。

走進中庭，二樓傳來談笑聲，確信是這一家沒錯。他們上樓步入玄關。玻璃門裡出現了一個年近五十的日本老媼，模樣像是這家藝妓戶的女老闆。聽到笠原的聲音，女老闆拿著蠟燭出現玄關。

「歡迎光臨。」

「大娘，可有酒喝？」笠原問道。

「啊，樓上的座席已經滿了，樓下行不行？不過，樓下是椅座，不是榻榻米。」

「可有好妞兒？」

「有啊。」

「那就好，坐哪兒都無所謂。哈哈哈哈。」

老媼黑地裡摸索著穿上土間的木屐，沿著走廊將他們帶到有三面窗子的西式房間裡，把蠟燭豎到檯子上，一面喃喃自語著說：「沒有電燈可真不方便哪，沒想到會來到這麼糟糕的地方。目前也沒辦法做什麼料理，酒倒是已經運來了很多。今兒晚上好像冷得緊不是？我馬上送火爐來。」

笠原默默聽著，女老闆一離開，他就不勝懷念地表示離開大連以來，這還是第一次聽到日本女人說話的聲音。

是個怪寒冷的房間。風到底從哪兒溜進來？想著，近藤回頭望望，只見面向庭院的窗玻璃壞了一塊，開了個黑洞。有隻大白貓從那洞口目光炯炯地瞪著他。

「他媽的！」近藤叫嚷著伸手握住腰間那把手槍。

貓兒掉過頭，無聲的跳落庭院，空留下四方形的洞口，黝黑得駭人。

近藤脖頸上一陣發寒，喃喃的說：「那畜生，管保在哪兒吃過人肉來著。」

他的情緒很壞，總覺得眼前老出現一些討厭的幻影；又像是許久以前他用刺刀戳殺的那個女間諜的幻影。他準備打貓的這把手槍便是那女人所有，槍膛裡的子彈也是當時存留下來的。

「我好像有點發燒，大概是感冒了。」

笠原回過頭來看看搖曳的燭光底下他白皙的額頭。

「只要喝點酒就會好。」笠原若無其事地說：「死了大夥兒再幫你點把火燒燒，咱已經火葬慣了，是不是，平尾？」

近藤忽然對笠原伍長感到厭惡。這人老早就把人命看得一文不值，包括中國兵，當然也包括他自己。難不成也要把我含括進去嗎？近藤想著。焦躁的混亂向他襲擊而來，偏偏這個房間又這麼暗。人家市政府那邊已經燈火通明，他這兒卻只有一根蠟燭，屋角鬱滯著冰冷的暗影，整個房間彷彿瀰漫著戰場上那種陰森鬼氣。

穿了襲華麗和服的一名年輕藝妓，手捧炭爐和酒，響著木屐進來。當一眼看到站立門邊幽暗處的女人姿容和化了妝的粉白面孔的剎那，近藤以為自己顯然見了鬼，他不相信這個毀滅了的死城裡居然還存在著這麼樣的女人。平尾和笠原也有同樣的印象。在這種場合底下，一個濃妝豔抹的盛裝女人，毋寧予人以一種陰森可怖的感覺。

三個人靜靜對酌了起來。昏暗的燭光似乎使得大夥兒提不起勁兒。二樓的日式座席那邊傳來兵士所唱的軍歌：「此身既已上戰場，早將生死置度外……」整首歌明朗的調子和那份勇敢，在這兒反而讓你覺得不調和。而在軍歌的間歇裡，可以聽到遠方機槍噠噠噠噠的掃射聲。

酒過幾巡，平尾開始喝醉，笠原也已東倒西歪的鬆懈下身子。下酒的菜餚據說是從上海弄來的醬鰮魚、罐頭魷魚和墨魚，還有橘子，簡直說不上是餐館的菜式。女人手脖上的凍瘡成為黑痣，近藤一面接受斟酒，一面從她的手脖兒感受到彷彿見到了屍體那種不快。

「我老覺得身體在發燒，渾身累得要死。」

近藤把頭倚靠到深深的椅背上仰望天花板。高高的天花板有些發黑，燭光一搖曳，就有一些奇形怪狀的陰影在搖動。他莫名所以地幻想著那名女間諜潔白的肉體，胸前被刺一刀，抓住刺刀痛苦掙扎之際，波濤一般滾動起伏的白色肉體那種運動。突然之間，他變得很想殺女人，那是連他自己都感到害怕的一股凶暴而使心胸發熱的情緒。他自認為是一種神經衰弱或是鬱積的情欲所致。他大口大口的灌酒，一面回首去看帶幾分酒意正在小聲唱著歌的平尾，蒼白的臉上泛著笑容說：「我又想殺女人啦。」

不料，藝妓從一旁插進嘴來：「我也是女人呀，別說得那麼可怕好不好？」

「把妳宰掉如何？」

近藤喝了酒反而變得益發蒼白的臉上帶著微笑，望著女人的面孔，拔下腰間的手槍，威脅地擱到檯子上。

「提起女人，我說平尾，閣下宰掉的那一個，喏，摟住親娘屍體哭個不停的那一個，那個可真叫厲害不是！」笠原舌頭打結地說。

「那個好生不舒服，到現在心裡還是；在那種情況之下實在是萬不得已，那妞兒真是可憐。」

平尾苦笑笑，接著對那藝妓有些誇張的講起了當時的情形。這也是一種壯言豪語。

近藤的背脊再度掠過一股寒顫。他無來由的回首去看窗口，那隻貓又來了。他陡然抓住手槍起立。但沒等他瞄準，那貓已先一步翩然消失於外邊的黑暗中，空留一口四方形黑洞。

「媽的！哪家的貓？」

「野貓啦！老在這一帶地方打轉，沒東西吃嘛。」藝妓事不關己的答著，重又去聽平尾殺女人的故事。

近藤臉伏在檯子上默默的繼續喝酒，似乎灌再多也醉不了，又好像已經醉得可以，頭痛欲裂，而變得非常焦躁。那是完全失去反省能力的一種衝動性的心理狀態，加上醉意，他幾乎已在喘息。

平尾一本正經地講完刺殺女人的那件事，藝妓也並不怎麼感動的樣子，只是敷衍性的應和著說：「好可憐哦。」

「啊，好想殺女人噢。」近藤再度說。

此刻，猶如強迫觀念那樣，唯有這個意念始終淨在折磨著他，毋寧說上海以來的那種混亂心情，習慣於戰場生活的心理狀態如今脫了軌的這種不對勁的感覺，似可藉著再度殺人來恢復原來的平靜。只要有仗好打就行了，只要再度站上火線，重新經歷一次忘我之境就好了。這正是從前倉田少尉那種焦躁，只不過近藤將它執著於殺女人而已。

這時，藝妓有如要挽救座上的靜默那樣地說：「殺女人可不好。」

「有什麼不好？」近藤立即頂了回去。

「女人不是非戰鬥人員嗎？平白殺死非戰鬥人員，不像個日本軍人。」

在這種場合，她這是相當狂妄又充滿侮辱性的一句話。近藤失去反省的餘裕，將手裡的酒杯對準女人擲了過去。酒杯打中女人的胸前掉落地板上。她驚慌地起立，嚷了聲：「不要動粗嘛！」看到近藤抓起檯子上的手槍，頓時翻翩著長長的衣袖逃出門外。

也不知近藤是否存有射擊的打算，一見女人逃開，立即發作性地扣下了扳機。接連兩聲槍響，女人厲聲尖叫著飛奔到外邊去了。

平尾立刻起身，將近藤的胳臂攬到腋下，搶走他手裡的那把槍。笠原則緊緊抱住近藤的膀臂。酒壺倒下來掉落地板上，蠟燭也傾倒熄滅。

「不行。我們快離開這兒。」

笠原依然摟住近藤的胳臂將他帶到走廊上。平尾緊隨著出來。

平尾以為子彈並沒有擊中，他準備賠個罪結好帳離開這裡。來到走廊上，只見小茶几上點著根蠟燭。笠原拖拉著近藤走過那兒。緊隨背後的平尾，這時發現腳底下有烏亮的點點血斑。他大為驚慌，趕緊把臉孔湊近笠原的背脊說：「好像打中了，地上有血跡，咱們趕快走吧。」

屋子裡邊持續傳來女人無以言喻的慘叫。二樓的客人下樓來了。兩個人仍然抓住近藤的臂膀急步來到中庭。

有個看似軍官的人從上面的窗口探頭出來問道：「怎麼回事？喂，怎麼回事？」

一行人也不作答，只管匆匆走到大門外。沒有人追趕過來。不一會兒，他們來到了漆黑的中山路一片靜寂的人行道上。

「伍長，對不起，給你們添麻煩啦！」近藤輕輕擺脫被抓住的臂膀，軟弱地賠罪。

「混帳！這要是受懲罰可怎麼得了！」笠原厲聲告誡。「算了，你別吭氣兒，總有辦法擺平的。」

笠原繼而轉向平尾，說地板上確實有血斑，也不知打中了什麼部位。平尾表示，雖然他也不清楚究竟打中了哪裡，但那女人既然還能奔到裡邊，又那麼樣的大哭大叫，想必應該沒什麼大礙。

「平尾，對不起，請你原諒。」近藤哭喪著聲音軟弱的道歉。

他們默默的經過星光暗淡的大街，一路步行回來。馬路一邊新起的火災正在摧枯拉朽地燃燒，四周卻是杳無人跡。他們在灼熱的烈焰燻烘之下不作聲地經過火場。市政府的營門那裡，衛兵像影子一樣佇立在黑暗的樹影底下。

「誰？哪一個？」

「笠原伍長外兩名。」

衛兵嘴裡說聲「行」，三個人於是進入營門。他們聽見驢子破笛子般地發出幾聲空洞的啼叫，卻弄不清拴在什麼地方。

「我說，今兒晚上就安安靜靜地睡覺吧！」伍長以平靜的聲音帶著幾分安撫悄聲說：「別太掛在心上。」

「啊，對不起，給您找麻煩啦。」

「可別告訴任何人喲。」笠原說著，鳴響著佩劍大步的返回自己屋裡去了。

12

到底是個難以成眠的夜晚。不過，等到清晨來臨，點完了名的時候，昨夜以來的混亂也稍稍歸於平靜。早餐後，近藤坐到拴馬場一旁的石階上曬太陽。每一匹馬的腰身上都有著很深的鞍傷，露出紅赤赤的膚肉。獸醫正在給傷口貼上白色的膏藥，又將藥水注入牠們口中，為這些病馬療傷。近藤幾無所思的觀望著馬兒們的動作，心情上變得異常寒愴而溫順。

平尾拿來日晷坐到他旁邊，在石階上按照磁針調到南北方向，再將中央的指針豎了起來，只見鮮明的細影靜止在辰巳之間。平尾點燃香菸，望著日晷，以極其平和的聲音問道：「你昨兒晚上到底是怎麼回事？」

「我自己也搞不清楚。真是給你們添麻煩啦。我只覺得從早起就煩躁得要死。」

然而，近藤很明白因為這樁事故，自己的情緒已經平穩許多，又能夠以順服的的心情再度安於軍務以及軍旅生活，這反而令他感到安心。如若上級會加以懲罰，他決定默然接受。

吃過午飯，近藤便受到了倉田中隊長的召喚。他起身前往，中途奔入平尾屋裡，小聲對他說：「中隊長找我去，敢情是昨晚那件事。」

「這樣啊？」平尾佇立在那裡，目送著近藤的背影。

倉田少尉屋裡坐了個溫厚而面貌俊秀的憲兵伍長。

少尉立刻以困惑的神色問道：「聽說你昨晚涉嫌用槍打傷一個女人，可有這事？」

「是的，是我開槍打的。」

「唔……你怎麼想起來這樣胡搞，這不等於將你戰場上一路拚過來的功績拿去泡湯了？怎麼想起來給我做出這麼遺憾的事！」

「是的，是我不好。」近藤突然感到一股強烈的悔恨，止不住淚如泉湧。

「憲兵隊來要人啦，你就跟著這位伍長跑一趟吧。留心一點，還有……」少尉猶疑了一下，臉上的神色益加寂寞，特地站起來走近他身邊說：「我們這個大隊明兒早上多半會移動，在那以前你恐怕趕不回來，所以把自己的步槍和背包帶著。」

一陣劇烈的絕望，近藤垂下了眼皮。他隨即返回自己屋裡，打點好行李，背上背包拿起槍桿。同僚們全感到納悶，問他要去哪兒，他只寂寞的笑笑說要跑一趟憲兵隊。

他再度到倉田少尉屋裡打了個招呼，然後同著憲兵一起走出房間。平尾一等兵站在門外。

「報告伍長，我昨夜跟這位近藤一等兵在一起喝酒，要不要我一塊兒去作證？」

憲兵表示有必要再傳喚他，並將他的姓名記下。這當兒，近藤握住平尾的手，快口說：「我恐怕沒辦法跟著中隊行動啦。你可要保重身體啊。代我向大夥兒問好。」

沒等平尾搭腔，近藤便把背了個大背包的背脊轉過去邁開了步子。平尾佇立在那裡目送著，直到那兩個人走出市政府古色古香的牌樓門。

憲兵隊隊部就在昨夜出事的地點附近。一到了那裡，他就接受了簡單的偵訊。近藤這才知道那女人被他打穿了左腕，所幸沒有傷及動脈和骨頭，很快就可以痊癒。負責偵訊的憲兵，口氣漫不經心而且有些玩忽，使得近藤不由得期望很可能以微不足道的小事作結。

大致上盤問了一番之後，他被關進一個房間裡，刀槍和其他可能成為武器的東西一概被沒收，背包也拿走了。這是除了一副桌椅之外別無他物的一個白牆壁房間。他站到裝上了鐵條的窗口去看看。從正門的兩根石柱之間可以望見短短的部分中山路。接下去又見到八成從零售店回來的兵士，抱著一個大紙箱走過，再就是搭乘大卡車的傷兵一晃而逝，想必是馳往下關碼頭。

這下子也不曉得會變成怎麼樣？他已脫離了部隊，會不會就在此地關禁閉，然後遣送到上海去？也不知是否會遣返國內？他並不刻意去思考什麼，他好像很篤定，又好像很無聊；不，也許非常焦急。他只有佇立窗口，一動不動地凝望著路過的兵士，但也並不羨慕他們。

到了傍晚，他們用他的飯盒送來了他的晚餐，並發給他一條毛毯。他一心一意地吃著，盡可能不去思考任何事情。而一俟無燈的屋子黑下來，立刻將毛毯裹著身子歪倒地板上。嚴寒使他無法入睡。日本，以及所有關乎日本的一切，突然變得無比的令人懷念，致使他歸心似箭。他把臉孔埋進毛毯裡嗚咽，哭泣了個把小時，這才入睡。

第二天天一亮他便醒來。心情很是平安。管他呢，要剁要斬隨他們去好了，又想著總有辦法擺平這事罷。他不在乎以往的戰功付諸東流，也不覺得遺憾。在軍職上他算是完全失敗了，受過罰被釋放出去以後，還是回到從前的研究室去平靜地鑽研醫學罷。管他醫學是否執著於該受到蔑視的生命，他也要終生邁向這條路，而且可以無悔。只要忍耐到那一天就好了，他決定默默等待。

傳來眾足紛沓的軍靴聲。他站到窗口探望，看見部隊經過眼前。部隊移動啦。或許是他們那個大隊也不一定。看起來很像是。但他已經不在乎，他的心境已然脫離軍人和軍職，返回出征之前的一名醫學生。看似倉田少尉的一名軍官，率先經過門前，接著四列縱隊眼看著鏗鏘出現，然後消失。確實是他那個中隊沒錯。而他已經不在意，毋寧說盡可能不去在意。趁此機會被軍隊掃地出門。只好回到研究室去了，不定可以成為醫學博士，也可以爬上醫院院長的寶座。這不就行了嗎？

長長的部隊通過了眼前。清晨的石門前面還不見往零售店跑的兵士的影子。他伸展胳臂打了個大呵欠。

門上一陣開鎖的動靜，昨天那名憲兵伍長進來了。

「近藤一等兵，跟我來。」

他默默地跟著走。在又暗又冷的走廊上拐了幾個彎，來到了昨日接受盤查的那個房間。在這兒，他聆聽了一個宣告：「可以歸回原部隊。處分方式稍後再通知。」

他突然感到非常慌亂。他所屬的中隊已經離開了，偏偏這位憲兵又遲遲不肯釋放他，淨在那兒數落他，以及交代他往後所該注意的事項。好不容易獲得解放，他著急得口水都要掉下來了，匆匆將一些裝備綁上背包，把水壺朝肩膀上一掛，抱起槍桿就沒命地奔出憲兵隊。

部隊沿著中山路往西走。這一點他知道。他磕響著靴底拚命飛奔在人行道上。跑了一段路便是接上中正路的市中心十字路口，車道當中有個交通指揮亭。來到了這兒他止不住迷惑，不過，從此地移師的部隊首先必定先到下關，無論坐船坐火車，除了往下關開去之外別無他途。他拐向中正路，順著筆直的大路跑下去，前頭已經看不見部隊的影子。

他衝著剛巧路過的一部軍用卡車大聲呼叫。那卡車載著兩大瓶醬油，一名士兵用手按住以免顛動搖擺。他獲准搭便車後慌忙跳上後座，上氣不接下氣地痛苦殘喘，一邊用手去拍胸口。大卡車並不拐往下關的方向，只管逕直順著中正路飛馳下去。搭乘了六、七百公尺之後，近藤只得下車再度拔腳飛奔。

背包很重。摟著的槍桿和水壺也嫌礙事，而他發了瘋似地狂奔著。他從不曾像此刻這樣打心底裡感到孤單和寂寞。有他這個人也好，沒他這個人也好，部隊毫不關心地行進著，而他一離開部隊，就變得毫無價值、毫無力量。他打心底裡失去自信和榮耀，就像個溺水的人那樣，一心一意只想著要追上原部隊；他焦急，不顧一切地狂奔。我要同著部隊一起走、我要一路追隨下去，除此以外，他無法去思考其他任何事情。

來到最高法院前面，這才看到了正在遠遠的前方行進的長長隊伍。他簡直像隻站立不穩的餓犬那般狼狽地總算得以趕上他的中隊。這兒正是挹江門跟前。

近藤走向倉田少尉，喘著氣向他報告獲准歸隊的經過。

少尉一面走，一面喜出望外地說：「這樣啊?真太好了，敢情不會做什麼嚴重的處分罷。入列吧。」

近藤插進平尾的旁邊，一張臉鐵青鐵青，連嘴唇都沒有了血色。平尾默默地拿過他的槍桿，將兩桿槍一起扛著，接著又用自己的左手去挽住他的右臂，彷彿要摟抱他支撐他的樣子。

「謝啦，多謝啦。」

近藤弓著背，難受得一面吐口水一面走。

挹江門上太陽旗迎著晨風招展，部隊穿過挹江門邁向城外。向新的戰場挺進！然而，誰也不清楚這個新戰場究竟是在何方。

（附註：本書並非實戰忠實記錄，作者嘗試了相當自由的創作，因而部隊名稱、兵士名稱想必多屬杜撰。）

石川達三年表

一九〇五年	出生	七月二日出生於日本秋田縣平鹿郡橫手町。成長期間隨父親工作變動，輾轉於秋田、東京、岡山等地成長。
一九一四年	九歲	母親過世。
一九一五年	十歲	父親再婚。
一九二七年	二十二歲	進入早稻田大學文學部英文科就讀。獲《大阪朝日新聞》小說獎。
一九二八年	二十三歲	大學讀一年就休學，進入國民時論社工作，適應不良沒多久便離職。
一九三〇年	二十五歲	移居巴西，短短數月便返回日本，再度於國民時論社工作，並開始寫小說，參加《新早稻田文學》。
一九三二年	二十七歲	任《摩登》等雜誌編輯，並參加《新早稻田文學》、《星座》等同人雜誌編輯工作。

一九三五年	三十歲	以旅居巴西的農場生活體驗寫成小說《蒼氓》，獲得首屆芥川獎。
一九三七年	三十二歲	以《中央公論》特派作家身分前往中國南京，將所見所聞寫成戰爭小說。
一九三八年	三十三歲	南京見聞寫成《活著的兵士》，發表於三月號《中央公論》，發表前遭刪除約四分之一篇幅。發行當日即遭查禁，石川以「違反報紙法」遭公訴，最終被判監禁四個月，緩刑三年。
一九三九年	三十四歲	寫了肯定日軍於二戰中作為的《武漢作戰》。
一九四二年	三十七歲	以日本海軍報導員身分前往東南亞。
一九四五年	四十歲	河出書房根據石川《活著的兵士》發表時留下的校樣，重新出版完整版本。
一九四六年	四十一歲	參加第二十二屆東京第二區議員日本民黨候選人黨內競選，未能脫穎而出。
一九五一年	四十六歲	出席在瑞士召開的世界筆會大會。
一九五二年	四十七歲	擔任日本文藝家協會理事長。
一九五八年	五十三歲	參加反對政府修改《警察職務執行法》活動。

一九五九年	五十四歲	參加反對《新日美安全條約》鬥爭。
一九六二年	五十七歲	出任日本工會總評議會刊物《新周刊》社長。
一九六四年	五十九歲	以《一個人的我》獲得文藝春秋讀者獎。
一九六九年	六十四歲	以《青春的挫折》獲得菊池寬獎。
一九七二年	六十七歲	新潮社出版《石川達三全集》，共二十五卷。
一九七五年	七十歲	出任日本筆會第七屆會長。
一九八五年	八十歲	一月三十一日，病逝於東京。

日本近代文學大事記

一八八五年	明治十八年	四月，坪內逍遙的文學論述《小說神髓》出版，講述近代小說的理論與方法，提出寫實主義，影響了之後的日本近代文學。 五月，尾崎紅葉、山田美妙、石橋思案、丸岡九華等人成立文學團體硯友社，推崇寫實主義，創刊日本近代第一本文藝雜誌《我樂多文庫》。
一八八六年	明治十九年	四月，二葉亭四迷發表文學理論〈小說總論〉，補充了《小說神髓》的不足之處，兩者皆為對於日本近代小說的重要評論。 七月，谷崎潤一郎出生於東京市（現東京都）。
一八八七年	明治二十年	六月，二葉亭四迷發表長篇小說《浮雲》，此作以言文一致的筆法寫成，宣告日本近代文學開始。
一八八八年	明治二十一年	十二月，菊池寬出生於香川縣。

一八八九年	明治二十二年	一月，饗庭篁村、山田美妙等十四名文學同好共同編輯文藝雜誌《新小說》。同月，夏目漱石初識正岡子規，開始進行創作。 四月，尾崎紅葉出版《二人比丘尼色懺悔》，登上硯友社主導地位。 五月，夏目漱石於評論子規《七草集》時首次使用漱石的筆名。 九月，幸田露伴的小說《風流佛》出版。明治二十年代，幸田露伴與尾崎紅葉並列為兩大代表作家，文壇稱作「紅露」。 十一月，泉鏡花入尾崎紅葉門下。
一八九〇年	明治二十三年	一月，森鷗外發表短篇小說〈舞姬〉，對之後浪漫主義文學的形成有極大影響。
一八九二年	明治二十五年	三月，芥川龍之介出生於東京市（現東京都）。
一八九三年	明治二十六年	一月，島崎藤村與北村透谷創刊文學雜誌《文學界》，以浪漫主義為主，對抗當時主導文壇的硯友社。
一八九四年	明治二十七年	八月，甲午戰爭爆發。 十二月，樋口一葉接連創作出〈大年夜〉、〈濁流〉、〈青梅竹馬〉、〈岔路〉和〈十三夜〉等，轟動文壇。此時至一八九六年一月，後世評論者稱之為「奇蹟的十四個月」。

一八九五年	明治二十八年	一月，學術藝文雜誌《帝國文學》創刊。 四月，甲午戰爭結束。 六月，泉鏡花於純文學雜誌《文藝俱樂部》發表短篇小說〈外科室〉，帶起甲午戰爭後的觀念小說風潮。 十二月，金子光晴出生於愛知。
一八九六年	明治二十九年	一月，森鷗外、幸田露伴、齋藤綠雨創辦雜誌《醒草》，提倡近代詩歌、戲劇的改良。 十一月，樋口一葉逝世。
一八九八年	明治三十一年	一月，國木田獨步於雜誌《國民之友》發表小說〈武藏野〉，以浪漫派作家身分展開創作生涯。 三月，橫光利一出生於福島。 十二月，黑島傳治出生於香川縣。
一八九九年	明治三十二年	五月，壺井榮出生於香川縣。 六月，川端康成出生於大阪市。
一九〇〇年	明治三十三年	四月，與謝野鐵幹和與謝野晶子創立《明星》詩刊，傳承浪漫派精神。
一九〇三年	明治三十六年	三月，國木田獨步發表小說〈命運論者〉，此作與十月發表的小說〈老實人〉筆法轉向寫實，為開啟自然主義派先鋒之作。

		十月，尾崎紅葉逝世。 十二月，小林多喜二出生於秋田縣。
一九〇四年	明治三十七年	二月，日俄戰爭爆發。
一九〇五年	明治三十八年	一月，夏目漱石於《杜鵑》發表〈我是貓〉，大獲好評。 七月，蒲原有明發表詩集《春鳥集》，引領日本現代詩的象徵主義。同月，石川達三出生於秋田縣。 九月，日俄戰爭結束。
一九〇六年	明治三十九年	三月，島崎藤村自費出版小說《破戒》。此作與夏目漱石的《我是貓》並譽為二十世紀初寫實主義的雙璧。 十月，坂口安吾出生於新潟縣。
一九〇七年	明治四十年	一月，在森鷗外的支持下，上田敏等人成立文藝雜誌《昴星》，標誌著新浪漫主義的衍生。 九月，田山花袋於雜誌《新小說》發表小說〈棉被〉，為自然主義的先驅，也是私小說的起點之作。 十月，小山內薰創刊《新思潮》雜誌，引介歐美戲劇以及文藝動向，隔年三月停刊。

一九〇八年	明治四十一年	六月，國木田獨步逝世。
一九〇九年	明治四十二年	三月，大岡昇平出生於東京市（現東京都）。 五月，二葉亭四迷逝世。 六月，太宰治出生於青森縣。
一九一〇年	明治四十三年	四月，志賀直哉、武者小路實篤、有島武郎、有島生馬創刊《白樺》雜誌，提倡新理想主義和人道主義。 五月，永井荷風創辦雜誌《三田文學》。 六月，社會主義者策畫暗殺明治天皇，政府大肆搜捕社會主義者和無政府主義者，史稱「大逆事件」。幸德秋水與同夥遭逮捕審判，翌年判處死刑。 九月，以小山內薰為首，集結谷崎潤一郎、和辻哲郎、後藤末雄等人第二次創立《新思潮》雜誌。 十月，山田美妙逝世。
一九一二年	大正元年	一月，德田秋聲的《黴》出版單行本，獲得空前的評價。一九一〇年發表的小說《足跡》也趁勢出版。兩部作品令德田秋聲奠定自然主義的地位。

一九一四年	大正三年	二月，山本有三、豐島與志雄、久米正雄、芥川龍之介、松岡讓、菊池寬等人第三次創立《新思潮》雜誌。久米正雄發表〈牛奶場的兄弟〉，豐島與志雄發表〈湖水與他們〉，皆為新思潮派的代表作。 七月，第一次世界大戰爆發。
一九一五年	大正四年	十月，芥川龍之介於雜誌《帝國文學》發表〈羅生門〉。在松岡讓的介紹下入夏目漱石門下。
一九一六年	大正五年	二月，菊池寬、芥川龍之介、久米正雄、松岡讓和成瀨正一等人第四次創立《新思潮》雜誌。芥川龍之介的短篇小說〈鼻〉受到夏目漱石激賞。 十二月，夏目漱石逝世。
一九一七年	大正六年	二月，萩原朔太郎自費出版第一本詩集《吠月》，獲得森鷗外讚賞，開拓象徵詩派的新領域。
一九一八年	大正七年	十一月，第一次世界大戰結束。同月，武者小路實篤於宮崎縣木城村發起「新村運動」，建立勞動互助的農村生活，實踐其奉行的人道主義。

一九二一年	大正十年	一月，志賀直哉開始於《改造》雜誌連載小說〈暗夜行路〉。 二月，小牧近江、今野賢三、金子洋文創刊雜誌《播種人》，鼓吹擁護蘇俄的共產革命，劃下無產階級文學時代的開始。
一九二二年	大正十一年	菊池寬創刊《文藝春秋》，致力於培養年輕作家。
一九二三年	大正十二年	一月，菊池寬創立文藝春秋出版社。 九月，關東大地震後，政府趁動亂鎮壓左翼運動者，社會主義評論家大杉榮遭憲兵隊殺害，無產階級文學運動暫時受挫停擺。谷崎潤一郎舉家從東京遷至京都。
一九二四年	大正十三年	六月，《播種人》改名《文藝戰線》復刊。 十月，橫光利一、川端康成、今東光、石濱金作、片岡鐵兵、中河與一等人創刊雜誌《文藝時代》，主張追求新的感覺。雜誌第一期揭載橫光利一的短篇小說〈頭與腹〉促成「新感覺派」的開始。
一九二五年	大正十四年	一月，三島由紀夫出生於東京市（現東京都）。 十二月，《文藝戰線》雜誌集結無產階級文學雜誌、學者，成立「日本無產階級文藝聯盟」，使無產階級文學得以迅速發展。

一九二六年　昭和元年

十一月，無產階級文學運動第一次內部分裂。「日本無產階級文藝聯盟」內部實行改組，改名為「日本無產階級藝術聯盟」。遭排除的非馬克思主義者另立「無產派文藝聯盟」，創立雜誌《解放》。

一九二七年　昭和二年

二月，芥川龍之介於文學講座上公開批評谷崎潤一郎的小說，展開一連串芥川與谷崎的小說藝術爭論。兩人於《改造》雜誌上撰文駁斥對方引發筆戰，直至七月芥川自殺。

五月，《文藝時代》宣布停刊。

六月，葉山嘉樹、林房雄、藏原惟人、黑島傳治、村山知義等人遭「日本無產階級藝術聯盟」剔除，另組「勞農藝術家同盟」。

十一月，藏原惟人退出「勞農藝術家同盟」，另組「前衛藝術家同盟」。

一九二八年　昭和三年

三月，藏原惟人為了讓無產階級文學運動者不再分裂對立，結合「日本無產階級藝術聯盟」、「勞農藝術家同盟」等團體組成「日本左翼文藝家」，之後誕生「全日本無產者藝術聯盟」。

五月，濟南事件。

六月，中村武羅夫公開發表評論〈是誰踐踏了花園！〉，公開抨擊無產階級文學。

十二月，「全日本無產者藝術聯盟」創立文藝雜誌《戰旗》，迎來無產階級文學的高峰。

一九二九年　昭和四年

三月，小林多喜二完成小說〈蟹工船〉，發表於《戰旗》雜誌。此作為無產階級文學的代表作，受到國際高度評價。

十月，橫光利一、川端康成、犬養健、堀辰雄等人創刊《文學》雜誌。

十二月，中村武羅夫、川端康成、龍膽寺雄、淺原六朗、嘉村礒多、久野豐彥、岡田三郎、飯島正、加藤武雄、權崎勤、尾崎士郎、佐佐木俊郎、翁久允等人組成「十三人俱樂部」，號稱「藝術派十字軍」。

一九三〇年　昭和五年

四月，以「十三人俱樂部」為中心，吸收其他現代主義派作家如舟橋聖一、阿部知二、井伏鱒二、雅川滉，成立「新興藝術派俱樂部」，公開反對馬克思主義，取代新感覺派，成為文壇上最大宗的現代藝術派別。

七月，小林多喜二因〈蟹工船〉遭到當局以不敬罪起訴，遭捕入獄。

十一月，黑島傳治發表以濟南事件為題材的長篇小說《武裝的城市》，遭當局禁止發行。

一九三一年	昭和六年	十一月，「全日本無產者藝術聯盟」底下的專業同盟與其他無產階級文化團體合併為「日本無產階級文化聯盟」，創辦《無產階級文化》雜誌。
一九三二年	昭和七年	三月，保田與重郎創刊《我思故我在》，反對無產階級派和現代藝術派，主張回歸日本傳統，為「日本浪漫派」之前身。
一九三三年	昭和八年	二月，小林多喜二遭當局逮捕殺害。 五月，室生犀星、井伏鱒二等人成立「秋聲會」，島崎藤村並成立「德田秋聲後援會」鼓勵創作低迷的德田秋聲。 十月，小林秀雄、林房雄、武田麟太郎、川端康成、廣津和郎、深田久彌、宇野潔二等人重新創立新《文學界》雜誌。另一方面，舟橋聖一、阿部知二成立《行動》雜誌。 十二月，《無產階級文化》發行最後一期，隔年「日本無產階級文化聯盟」被迫解散。
一九三五年	昭和十年	二月，坪內逍遙逝世。同月，直木三十五逝世。 四月，菊池寬為紀念好友芥川龍之介與直木三十五，創立「芥川賞」與「直木賞」。前者為鼓勵純文學新人作家，後者則是給予大眾作家的榮譽肯定。第一屆芥川賞頒予石川達三的〈蒼氓〉，直木賞得獎作家為川口松太郎。

一九三六年	昭和十一年	二月，陸軍中「皇道派」的青年軍官率領數名士兵，刺殺「統制派」政府官員，包含兩任前首相，並且一度占領東京。後來遭到撲滅。此政變又稱「帝都不祥事件」。 三月，武田麟太郎、本庄陸男、平林彪吾等人創立《人民文庫》，獲得無產階級派作家的支持。另一方面，保田與重郎、神保光太郎、龜井勝一郎、中島榮次郎、中谷孝雄、緒方隆士等人創刊《日本浪漫派》雜誌，伊東靜雄、太宰治、檀一雄等人也加入其中。
一九三七年	昭和十二年	四月，永井荷風出版小說《濹東綺譚》，此作體現荷風小說的深沉內涵，也流露出對時局的消極反抗。 十二月，日軍占領中國南京。
一九三八年	昭和十三年	二月，菊池寬以促進文藝發展、表彰卓越作家為目的，成立日本文學振興會。 三月，石川達三目睹南京大屠殺慘況後，寫成小說《活著的兵士》，發表後遭當局判刑。
一九三九年	昭和十四年	九月，第二次世界大戰爆發。同月，泉鏡花逝世。
一九四一年	昭和十六年	十二月，太平洋戰爭爆發。

一九四三年	昭和十八年	八月，島崎藤村逝世。 十月，黑島傳治逝世。 十一月，德川秋聲逝世。
一九四五年	昭和二十年	八月，日本宣布無條件投降。 十二月，以秋田雨雀、江口渙、藏原惟人、德永直、中野重治、藤森成吉、宮本百合子等戰爭期間遭受鎮壓的無產階級作家為中心，組成「新日本文學會」。
一九四六年	昭和二十一年	一月，荒正人、平野謙、本多秋五、埴谷雄高、山室靜、佐佐木基一、小田切秀雄等人創刊《近代文學》，提倡藝術至上主義，邁開戰後文學第一步。 五月，太宰治在《東西》雜誌發表無賴派宣言：「我是自由人，我是無賴派。」無賴派因此得名。 六月，坂口安吾《墮落論》出版。 七月，谷崎潤一郎重新執筆因戰爭而停止連載的小說《細雪》，至隔年三月共完成三冊。
一九四七年	昭和二十二年	七月，太宰治於《新潮》雜誌連載小說《斜陽》，同年十二月出版。 十二月，橫光利一逝世。

一九四八年	昭和二十三年	五月，太宰治完成《人間失格》。此作與《斜陽》皆為無賴派體現於小說創作上的代表作。 六月，太宰治自殺。同月，菊池寬逝世。
一九五〇年	昭和二十五年	六月，韓戰爆發。
一九五一年	昭和二十六年	一月，大岡昇平於《展望》雜誌發表〈野火〉，隔年出版，成為戰爭文學代表作之一。
一九五二年	昭和二十七年	二月，壺井榮於基督教雜誌《New Age》連載小說《二十四隻瞳》，同年十二月出版。
一九五三年	昭和二十八年	七月，簽署停戰協定。韓戰結束。
一九五八年	昭和三十三年	一月，大江健三郎於《文學界》發表短篇小說〈飼育〉，同年獲得芥川賞，是當時有史以來最年輕的受獎者。
一九五九年	昭和三十四年	四月，永井荷風逝世。
一九六五年	昭和四十年	七月，谷崎潤一郎逝世。
一九六八年	昭和四十三年	十月，川端康成以《雪國》、《千羽鶴》及《古都》等作品獲得諾貝爾文學獎，為歷史上首位獲獎的日本人。

一九七〇年	昭和四十五年	十一月，三島由紀夫發動政變失敗後自殺。
一九七一年	昭和四十六年	十月，志賀直哉逝世。
一九七二年	昭和四十七年	四月，川端康成逝世。

作者簡介

石川達三

一九〇五年出生，早稻田大學英文科肄業，曾任職記者。一九三五年，以描繪出國前夕移民百態的悲喜劇《蒼氓》獲得首屆芥川獎。中日戰爭初期，以隨軍特派員身分輾轉華北華中戰線；在戰時嚴格的言論管制之下仍接連寫下了《不見天日的村莊》、《風中蘆葦》、《活著的兵士》等「反抗文學」。戰後石川氏活躍於新聞小說，結合了通俗性、社會性、思想性，著有《幸福的界限》、《最後的共和國》、《惡女手記》等書。一九八三年，石川氏病逝於東京，享年八十歲。

譯者簡介

劉慕沙

日本文學翻譯名家、作家。出生於苗栗。六〇年代起大量翻譯川端康成、井上靖、菊池寬、三島由紀夫、大江健三郎、曾野綾子、吉本芭娜娜等日本重要作家作品。著有小說《春心》及多篇散文，並多次與丈夫朱西甯、女兒朱天文、朱天心、朱天衣合著作品。重要翻譯作品包括《敦煌》、《孔子》、《潮騷》、《換取的孩子》、《憂容童子》、《山國峽恩仇記》。

幡010 **活著的兵士**

IKITEIRU HEITAI (FUSEJI FUKUGENBAN)
by Tatsuzo ISHIKAWA

作者	石川達三
譯者	劉慕沙
封面設計	王志弘
校對	呂佳真
責任編輯	徐　凡
國際版權	吳玲緯
行銷	何維民　蘇莞婷　陳欣岑　吳宇軒
業務	李再星　陳紫晴　陳美燕　葉晉源
副總編輯	巫維珍
編輯總監	劉麗真
總經理	陳逸瑛
發行人	凃玉雲
出版	麥田出版 地址：10483台北市中山區民生東路二段141號5樓 電話：(02)2500-7696 傳真：(02)2500-1967
發行	英屬蓋曼群島商家庭傳媒股份有限公司城邦分公司 地址：10483台北市中山區民生東路二段141號11樓 網址：www.cite.com.tw 客服專線：(02)2500-7718｜2500-7719 24小時傳真專線：(02)-2500-1990｜2500-1991 服務時間：週一至週五09:30-12:00｜13:30-17:00 劃撥帳號：19863813　戶名：書虫股份有限公司 讀者服務信箱：service@readingclub.com.tw
香港發行所	城邦（香港）出版集團有限公司 地址：香港灣仔駱克道193號東超商業中心1/F 電話：+852-2508-6231 傳真：+852-2578-9337
馬新發行所	城邦（馬新）出版集團【Cite (M) Sdn. Bhd.】 地址：41-3, Jalan Radin Anum, Bandar Baru Sri Petaling, 57000 Kuala Lumpur, Malaysia. 電話：+6(03) 9056 3833 傳真：+6(03) 9057 6622 讀者服務信箱：services@cite.my
麥田部落格	http://ryefield.pixnet.net
印刷	漾格科技股份有限公司
初版一刷	1995年10月1日
二版一刷	2020年12月
售價	350元
ISBN	978-986-344- 839-6

國家圖書館出版品預行編目(CIP)資料

活著的兵士／石川達三著；劉慕沙譯. -- 二版. -- 臺北市：麥田出版：家庭傳媒城邦分公司發行, 2020.12
面；　公分. --（幡；RHA010）
譯自：生きている兵隊
ISBN 978-986-344-839-6（平裝）
861.67　109015492

城邦讀書花園
www.cite.com.tw

Printed in Taiwan.